DU MÊME AUTEUR

Aux Éditions Gallimard

LA RUMEUR DU SOLEIL, *roman*, 1989. Repris en Folio, *n° 2662*, 1994.

LE DONJON DE LONVEIGH, *roman*, 1991.

LE PASSAGE DE L'AULNE, *roman*, 1993. Repris en Folio, *n° 2859*, 1996.

LIVRES DES GUERRIERS D'OR, *roman*, 1995.

LE SONGE ROYAL. *Louis II de Bavière*, 1996.

L'INVENTEUR DE ROYAUMES. *Pour célébrer Malraux*, 1996.

LES SEPT NOMS DU PEINTRE. *Vies imaginaires d'Erich Sebastian Berg, roman*, 1997. Prix Médicis 1997.

Aux Éditions Artus

LA MAIN À PLUME, *essai*, 1987.

IMMORTELS, MERLIN ET VIVIANE, *récit*, 1991.

UN DONJON ET L'OCÉAN, *album*, 1995.

L'ARCHANGE ET LE DRAGON, *album*, 1996.

L'ORÉE DES FLOTS, *récit*, 1997.

Aux Éditions du Mercure de France

L'INVENTAIRE DU VITRAIL, *roman*, 1983.

LES PORTES DE L'APOCALYPSE, *roman*, 1984.

LE DIEU NOIR, *roman*, 1987. Repris en Folio, *n° 2195*, 1990.

Aux Éditions de La Table Ronde

JULIEN GRACQ, FRAGMENTS D'UN VISAGE SCRIPTURAL, *essai*, 1991.

Aux Éditions Christian Pirot

CHATEAUBRIAND À COMBOURG, *essai*, 1997.

Aux Éditions Ouest-France

BROCÉLIANDE, *album*, 1996.

DOUZE ANNÉES
DANS L'ENFANCE DU MONDE

PHILIPPE LE GUILLOU

DOUZE ANNÉES DANS L'ENFANCE DU MONDE

récit

nrf

GALLIMARD

Il a été tiré de l'édition originale de cet ouvrage quinze exemplaires, réservés à l'auteur, sur vélin pur chiffon de Lana numérotés de 1 *à* 15.

À mes ancêtres qui dorment dans la terre finistérienne,
et à tous ceux qui croient au génie du christianisme.

Douze années dans l'enfance du monde vient conclure le triptyque initiatique inauguré en 1995 par la publication de *Livres des guerriers d'or*. Fils de la Grande Reine d'Irlande, Luin Gor parcourt les landes, les tourbières, les îles et les eaux du royaume celtique, sous les auspices du Grand Temps. *Les sept noms du peintre*, paru en 1997, à travers les récit des vies imaginaires d'Erich Sebastian Berg, un peintre contemporain, est un hymne au désir et à la création. Voici le dernier volet du triptyque.

Des douze premières années de la vie du Christ, on ne connaît pas grand-chose. L'évangéliste Luc — un des plus prolixes sur cette période — est, malgré tout, avare en renseignements, tandis que les Évangiles apocryphes livrent leur foison de merveilles, et d'extravagances. Après les sortilèges de l'Irlande et du Graal, après les corps et l'art, et pour parachever cette exploration trinitaire, j'estimais venu le moment de revisiter le substrat où s'enracinent mes fibres chrétiennes. Et ces douze années sur lesquelles on ne sait à peu près rien pouvaient, me semble-t-il, constituer le lieu d'une rêverie inventive et priante. C'est là le sens, et l'*esprit*, du récit qui suit.

I

1

C'est la Galilée des villages abrupts, des maisons cubiques, des pressoirs creusés dans le roc, des tombeaux qui s'embusquent entre les pierrailles, des places assommées de soleil avec toujours en leur centre la fontaine et son cercle de femmes. Le vent cinglant de l'hiver avive la scintillation des étoiles. L'été, dans le dédale des oliviers et des figuiers, la nature n'est que crissement de cigales et de grillons. Il suffit de s'écarter un peu du village en montant vers le plateau qui domine les dernières maisons pour apercevoir les courbes du Carmel et du Thabor, ces formes érodées que sculpte la lumière. Le vent perpétuel qui souffle sur ces hauteurs ramène comme des noms de sable et de pierre, des bribes d'alliance, des bruits de colonnes suivant une tige de feu. Et le vent n'est pas, comme ailleurs, la brise qui rafraîchit et fait bouger les feuilles. C'est un froissement permanent de sable sur les dalles et les roches, un souffle qui sonne et se propage dans les vallées désertes, une voix, un esprit peut-être jailli de quelque trou noir.

Car cette terre, comme l'Histoire qui l'a — ou qu'elle a — façonnée, est double : rurale et patriarcale. C'est la terre que féconde sans relâche le travail des hommes, c'est aussi et peut-être avant tout la terre des passages et des tribulations du peuple du Livre. Ici, de fondation, il a été conclu un pacte avec Celui dont le nom de gloire demeure imprononçable, Celui dont le nom figuré sous la forme d'un Tétragramme sans voyelles remplit d'épouvante ce peuple de nomades et de pèlerins. Et il y a dans la rumeur du vent qui arrive du Thabor ou du Carmel quelque chose encore de l'effroi du nom sacré.

La douceur de la vie réelle, les rires des femmes, le vert des vignes, les senteurs de myrte et d'eucalyptus chassent un instant la tension et l'ardeur d'une terre élue. Mais l'empreinte de la présence divine ne s'efface jamais. Un vieillard ou un être jeune vient-il à disparaître, on se rassemble aussitôt dans sa maison, pas tant pour veiller un corps qu'a déserté le rouach *— le souffle de vie — que pour poursuivre la lecture et la méditation du Livre. Comme si les livres avaient plus d'importance que les corps. Et lorsque, à force d'être déroulés, les livres de prière sont usés, on ne les détruit pas, on ne les brûle pas : on les ensevelit, comme les corps.*

Chaque mois, à l'annonce de la néoménie, des feux s'allument sur les montagnes. C'est une chaîne, une procession de torches qui brillent sur les crêtes. Il semble qu'ils proviennent du sud, ils arrivent d'une source inconnue, ils investissent le territoire, prêts à défier le buisson des étoiles. On raconte alors volontiers aux enfants que cette succession de brasiers vient de la Ville aux portes d'émeraude et de saphir, la Ville aux murs de pierres précieuses, aux rues pavées de rubis et de pierres d'Ophir. Ces feux, ce sont les prêtres du Grand Sanctuaire qui les ont, les premiers, allumés. La Ville du Centre, du Siège, de l'Origine. Palpitante, surabondante et sainte entre toutes. Les signes lumineux de la nouvelle lune fascinent les enfants de Nazareth. Ils gagnent les escarpements du village et s'arrêtent, interdits, entre l'onde de feu qui croît depuis Jérusalem et le souffle noir qui monte des failles de roc et de sable.

« Ici est le Livre... »

Il est là, au fond de la synagogue, contre le mur qui regarde du côté de la Ville d'où partent les feux, dans l'arche sainte. Il est là, précieusement enroulé, caché. Sa seule présence rassure les habitants du village, il est comme l'arche sacrée protégeant les Anciens. L'arbre de lumière qui le veille est éteint. On dit qu'il n'est allumé que la nuit. Peut-être brûle-t-il alors de ce feu qui court depuis le Temple. De savoir le Livre là, au fond de cette salle rustique aux murailles chaulées, rassure les Nazaréens, c'est une présence plus réconfortante encore que la fontaine circulaire du centre de la place ou les canaux d'irrigation qui traversent le village. C'est comme un baume, la protection d'un talisman, le Livre minutieusement enroulé, vieilli, craquelé à la façon d'une vêture de momie. Il est usé, terriblement fatigué, comme rescapé des pérégrinations du Désert. Dans ses linges immémoriaux, il fait penser, par son apparence et sa taille, à ces enfançons ou à ces varans que les habitants de l'Égypte embaumaient avant de les déposer dans les hypogées des bords du Nil.

L'arche est le reposoir de la Présence divine. Le coffre de la *Shekinah.*

Elle est aussi le reposoir de la mémoire du peuple du Livre. Il y a dans ces rouleaux de lin crayeux que renferme l'armoire de la synagogue toute l'histoire des Pères, leur cheminement, leur errance, leur exil, leur délivrance et leur naissance à la Loi. Il y a Adam, Noé, Moïse et Abraham. Les origines du monde, la généalogie des ancêtres d'Israël, les interventions successives du Dieu créateur à Sichem, à Béthel et à Mambré, la vocation d'Abraham, la mort, à cent dix ans, de Joseph, embaumé et mis dans un cercueil en Égypte... Et si les feux qui courent sur les crêtes depuis le Temple de Jérusalem enchantent les enfants de Nazareth lorsque le soir tombe, les noms d'Adam, de Noé, d'Abraham et de Moïse les captivent pareillement. Ces noms, que l'on prononce, que l'on incante, ont une réalité de chair, de terre, d'espérance, de désir, de sang qui cogne. Ils sont des feux qui brûlent sur les crêtes de la généalogie. Et le rouleau que dévide la voix des lecteurs choisis contient la filiation et l'aventure de ces noms.

Jésus est trop jeune encore pour avoir le droit de se mêler au flux des enfants qu'attire au crépuscule l'aimant de la néoménie. Il reste dans la salle commune et il regarde travailler son père. Les blocs de bois — leurs senteurs surtout —, les scies, les forets, les maillets, les ciseaux n'ont plus de secret pour lui. Au crépuscule, les cris des enfants qui bondissent vers les hauteurs de Nazareth lui sont un déchirement. Il les suivrait bien. Mais l'interdit paternel est farouche. Jésus rêve. Il rêve en entendant s'éloigner les cris de ceux qui grimpent vers le haut plateau. Il rêve dans la sciure et la poussière d'acacia. Plus que ces feux qui ravissent tant les enfants et qu'il a quelquefois aperçus, perché sur les épaules de son père, plus que le jeu des mains habiles du charpentier préparant son chef-d'œuvre, ce qui appelle immanquablement sa songerie, c'est cette arche de la synagogue, cette arche pleine de noms et de nombres. À cinq ans, il en connaît parfaitement le nom qu'il répète sans hésitation : *Arone Haqodèche*. Il a même demandé à Joseph, geste impie, de lui confectionner une miniature du coffre sacré. Il l'a installée sur cette passerelle de bois qui surplombe la salle commune et où il aime se poser. C'est pour lui comme une boîte magique d'où sortent les noms du Livre. Il caresse son coffre et il est, tour à tour, Adam, Noé, Moïse, Abraham. Il est chassé du Paradis, encerclé d'eaux qui montent... Il est bâtisseur d'arche. Il est Abraham recevant du Père absolu l'ordre de tout quitter. La compagnie des enfants qui courent saluer l'arrivée des feux ne lui manque plus. Il est seul et cette solitude ne lui pèse pas. Il se sait juif, rescapé d'Égypte, pérégrin perpétuel.

« Ici est le Livre... »

Pour les sept ans de Jésus, Joseph réalisa un *Yad* en bois d'olivier, cette main de lecture qui aide à suivre, lorsqu'on le déploie, le texte sacré car il est strictement interdit de toucher le rouleau à mains nues. Il n'était pas suffisamment riche pour offrir un livre. La famille s'élargissait. Il préféra passer des nuits à sculpter et à polir cette main d'olivier à l'index levé. Il avait abandonné la grande lettre d'acacia qu'il travaillait depuis des mois. Il avait abandonné ce qu'il considérait comme son chef-d'œuvre. C'était un hiver exceptionnellement froid. On fêtait l'anniversaire de Jésus au moment où la campagne est blanche de gel et d'astres qui brasillent. La synagogue était glaciale. L'air des hauts plateaux sifflait dans sa transparence. Plus que le repas rituel que l'on partagerait à la maison avec Marie, les grands-parents et les jeunes frères de Jésus, ce qui comptait, c'était l'office au cours duquel, pour célébrer la naissance de l'aîné de ses enfants, le charpentier Joseph remettrait à la communauté le *Yad* d'olivier pur et clair qu'il avait confectionné.

Jésus portait le manteau aux quatre glands de fil de laine. On avait eu soin de couvrir ses cheveux bruns. La main de bois patiemment sculptée par son père fascinait Jésus qui avait une sorte d'attirance naturelle pour les objets du culte. Le coffre sacré, le *Yad*, les couleurs et les bruits du monde élémentaire, il n'y avait que cela qui l'intéressait. Ce jour-là, soucieux de ne rien perdre de la cérémonie, il se posta au pied des marches de la *Bima*, la table sur laquelle on viendrait proclamer la Parole divine. Joseph s'avança. Il avait revêtu le châle rayé rituel. Il alla ouvrir l'arche sainte et déposa les rouleaux sur la *Bima*. Il déshabilla le Livre comme s'il eût dépecé une momie crayeuse et rigide. Jésus s'était raidi, immobile, les yeux écarquillés, comme en transe. Il lui semblait que des lettres fusaient du rouleau déchiré. Joseph tourna sur lui-même, présentant le Livre à la vénération de la communauté rassemblée. Il avait complètement disparu sous son châle, des ondes noires vibraient, tressées sur le cuir parcheminé et jauni ; il y avait eu cette première effraction — la brisure de la gangue de momie —, et voici que l'index dressé, le doigt d'olivier courait sur les lignes interdites : plus que la lecture, plus que la profération du secret des rouleaux de l'arche, ce qui émut Jésus, ce fut le mouvement du *Yad* dans l'intimité du texte, effleurant les lettres de jais, les couronnes qui coiffaient certains signes, cette main qu'il avait vue naître dans le désordre et la poussière de la salle commune plongée dans l'encre séchée, l'encre évaporée, comme s'il avait été nécessaire que disparût toute trace du scribe, toute trace du roseau incarné qui avait tracé les lettres, de la même façon qu'avaient disparu les voyelles, laissant au cœur du Livre la compacité d'une charpente consonantique, les jalons du Nom imprononçable et terrifique.

Ce jour de *Chabbat* polaire qui marquait les sept ans de Jésus — le monde alentour était sonore et tendu comme un arc —, le charpentier ombrageux et taciturne prit aux yeux de son fils un relief qu'il n'avait jamais eu. Au retour, Jésus regardait son père avec une distance admirative. Ce n'était plus l'homme réel, l'artisan immergé dans la pénombre poussiéreuse de l'atelier, le père qui édictait des interdits en grommelant, c'était un homme lumineux et voilé qui, non content de dépecer les rouleaux momifiés, avait osé introduire le doigt d'olivier qu'il avait minutieusement sculpté dans ce faisceau de lettres alluvionnaires et lacunaires. Jésus se plomba dans le silence. Les rites de la synagogue avaient envahi le champ de la vie ordinaire. Et, indépendamment du vent gelé et de la neige, la maison, qui avait perdu le *Yad*, était une carcasse sans feu.

« Ici est le Livre... »

Il est entré seul dans la synagogue. C'est une nuit claire, traversée d'effluves printaniers. Il se dirige vers l'arche. Un candélabre arborescent veille devant le Livre. On dirait un amandier chargé de boutons et de fleurs. La lumière de l'amandier d'or éclabousse l'arche sainte. Deux années ont passé depuis le don du *Yad*. Jésus a médité auprès du maître Hillel la composition du Livre, son écriture, le reflux des voyelles, comme dans un torrent dont il ne resterait que des galets durs. Il commence à connaître l'architecture des cent soixante-quinze lais qui constituent les rouleaux sacrés, il sait que des blancs creusent çà et là le texte. Son instruction religieuse sera complète lorsqu'il aura entendu au moins deux fois les cent soixante-quinze *passages*, tel est leur nom, qui composent la *Tora*. Il est tout entier tendu dans l'attente des temps à venir. Il songe à ce cent soixante-seizième *passage* qui s'enfante peut-être dans l'obscurité de l'arche, sous l'action du souffle de la *Shekinah*.

Il lui semble soudain qu'une voix sourd du coffre, il laisse ses sandales au pied des marches et s'approche. *On* parle à l'intérieur du coffre. Une voix mâle et sonore. Jésus soulève le couvercle de l'arche et recule : le Livre est déroulé, constellé d'inscriptions sur la face et au revers, des ondes noires, des chants funèbres, des déplorations, des gémissements. Jésus s'écarte, terrifié. La voix résonne de nouveau :

« Ne t'en va pas, fils d'homme, toi qui es désigné pour l'huile depuis le commencement du monde... Ne révèle rien de ce que tu auras entendu ici. Mange ce Livre, remplis ton corps de ce rouleau et va vers la maison d'Israël. Elle a le cœur endurci, le front dur, plus dur que les peuples à la langue obscure et pesante... Surtout ne cède pas à la peur, ils sont une maison de rébellion... »

Jésus bondit hors de la synagogue, il court sous les amandiers et les cerisiers en fleur, il croit que du miel lui coule de la bouche. Du miel, des lettres noires, des consonnes comme les galets des torrents.

Il s'est assis, quelque part sur la hauteur, les ronces et les cailloux lui ont griffé les pieds et il se souvient qu'il a oublié ses sandales devant l'arche. Il est sans salive, le souffle coupé, dévasté par le feu de l'hallucination. Il se bouche les oreilles. Il ne veut plus entendre la voix du Livre. Il ne sait plus s'il a vraiment mangé le rouleau sacré. On aura tôt fait de reconnaître ses chaussures. Il sera confondu. Des larmes humectent ses joues. À cet instant, il sent une autre voix, celle-là tissue à sa chair, une voix qui monte en lui, quelque chose comme un acquiescement ou une prière :

« Je sais que Tu m'as aimé avant la fondation du monde lorsque nous étions encore ensemble. Ta Loi est au fond de mes entrailles et je sais bien que c'est de moi

qu'il est question dans le rouleau du Livre... Puisque telle est Ta volonté, j'écrirai le cent soixante-seizième passage *et j'y apposerai ma signature, celle que laissent les nomades, les hors-la-loi, les illettrés, oui, conformément à Ton désir, j'y inscrirai le* Taw *final... »*

2

« Nous avons quitté l'Égypte, nous avons échappé à l'esclavage au pays de Pharaon... » C'est par cette parole que Joseph ouvrit les festivités de la Pâque. Le grand plat du *Séder* était posé au centre de la table, les lampes brûlaient. Le plat était superbe, coloré, intrigant. Joachim et Anne se tenaient aux places d'honneur, comme de grands Anciens. La veille de la Pâque, Joachim, qui n'était plus tout jeune, avait arraché aux flammes de la maison voisine un nouveau-né. Tous avaient à l'esprit l'image du vieillard abandonnant son manteau pour bondir dans la maison dévorée par le feu. Les femmes hurlaient, l'ossature de bois de la demeure construite par Joseph n'était que cendres ardentes, Joachim avait disparu dans la carcasse de flammes. Et soudain on l'avait vu, noir de suie et de fumée, l'enfant dans les bras. Plus que Moïse, plus que la fin de l'exil en Égypte, celui que l'on fêtait ce soir-là, c'était Joachim. L'âge n'avait en rien entamé ses forces. Il était vigoureux et solide, capable encore de soulever sans aide des troncs extrêmement lourds. Lorsqu'il avait aperçu les flammes, il n'avait pas hésité un seul instant. Il était plus

intrépide que Joseph. Et tous autour de la table du *Séder* regardaient le héros salvateur avec émotion et admiration. Sans lui, le petit Jacques aurait péri. Joachim affirma qu'il souhaitait que son prochain petit-fils portât ce prénom. Marie était enceinte. L'émotion était si vive qu'il ne se trouva personne pour s'opposer au souhait de Joachim.

Les lampes qui vacillaient donnaient à ce repas un caractère irréel. On mangeait debout, prêt à partir. La porte béait sur une nuit douce et lumineuse de printemps. Une place avait été laissée pour Élie, le prophète qui viendrait annoncer le Messie. C'était ainsi dans toutes les maisons juives pour la Pâque. Celui qui préfigurait le Messie pouvait survenir à tout instant et il était indispensable qu'il pût trouver sa ration d'os grillé, de compote et d'herbes amères. L'office à la synagogue avait été mélancolique, un brin lugubre. La communauté s'était remémoré l'exil, le passage de la mer des Joncs, l'engloutissement des armées de Pharaon. Pour les habitants de la maison du charpentier, les vagues de la mer des Joncs avaient cette année-là la forme de flammes. C'était le feu que le grand-père Joachim avait traversé : ce sauvetage et cette victoire, nul n'en doutait, étaient un signe.

Tout dans le plat rituel du *Séder* était symbolique : l'os grillé rappelait le sacrifice de l'agneau pascal le soir de la sortie d'Égypte, l'œuf dur était marque de deuil et de sacrifice, la compote de pommes rouges mêlées à des noix, de la cannelle et du gingembre avait été confectionnée pour évoquer les briques que les Hébreux asservis devaient produire pour édifier les monuments et les villes de Pharaon, les herbes amères signifiaient l'amertume de l'exil et de l'esclavage, l'eau salée les larmes et la sueur. Quant aux trois pains azymes, ils représentaient les trois patriarches, Abraham, Isaac et Jacob. La touffe de persil, enfin, était là pour rappeler les feuilles qui avaient servi à asperger du sang de l'agneau pascal le linteau des portes des Hébreux.

Ce n'était pas un repas comme les autres, on s'était réuni pour revivre intensément les souvenirs de la sortie d'Égypte et les adultes attendaient rituellement qu'un enfant vînt les interroger sur le caractère exceptionnel d'une nuit où l'on mangeait debout et la porte ouverte. Cette nuit-là, Jésus avait été autorisé à veiller. Il avait un peu plus de trois ans. L'office de la synagogue l'avait rendu taciturne. Un instant, il voulut aller se percher sur sa poutre favorite, comme si ce repas n'eût eu aucune importance pour lui. C'est à peine s'il avait regardé le plat. Joseph s'apprêtait à lui faire découvrir la diversité des mets symboliques lorsque Joachim l'arrêta :

— Surtout pas, Joseph, surtout pas, dit le vieil homme rescapé des flammes. C'est à lui de voir que cette nuit ne ressemble pas aux autres nuits, c'est à lui de poser la question. Je m'étonne qu'il ne l'ait pas encore fait.

Jésus était ailleurs. On eût cru qu'il revivait jusqu'à l'hallucination l'épisode de la veille, la plongée de Joachim dans la maison en feu. Et si l'on y prêtait attention, il flottait toujours dans l'air une odeur persistante de paille, de bétail et de bois brûlés. Les voisins avaient tout perdu dans l'incendie, leur mobilier, leur linge, leur maigre troupeau. Il semblait que Jésus n'eût d'yeux que pour son grand-père qu'il voyait désormais nimbé d'un disque de flammes et de suie. Joachim était plus grand, plus attirant, plus mystérieux que le plat du *Séder*. Dans cette fête qui rameutait des souvenirs d'une autre mémoire, c'était lui le prophète, le passeur, celui dont l'audace dépassait les forces des autres hommes.

Joachim paraissait triste et comme irrité de l'*absence* de Jésus. Anne était d'avis à le laisser dans sa rêverie. Pour elle, ces questions n'avaient aucune importance. Sa fille la rejoignait sur ce point, mais c'était sans compter sur le ritualisme sourcilleux des hommes. À les entendre, la Pâque ne serait pas pleinement la Pâque si Jésus n'en mesurait pas la portée religieuse. Il fallait que, dès l'enfance, il fût enté sur la souche patriarcale et historique de son peuple. Qu'il communiât au souvenir de ses ancêtres immémoriaux qui s'étaient mis en marche, car comme eux, il était un nomade, un fils à l'identité traversière, un arpenteur des sables du désert et des eaux de la mer des Joncs, un pérégrin et un errant, un rêveur éternel du nom de Dieu. Il fallait, dès maintenant, qu'il sentît en lui la gangue du deuil qui se déchirait, l'énergie d'une colonne qui s'ébranlait, une colonne et une caravane, dans la nuit, sans repères, avec nouée aux entrailles la seule certitude de la parole juste du Seigneur.

Plus encore que Joseph, Joachim croyait de toutes les fibres de sa chair aux vertus de cette histoire fondatrice. Et il n'attendait la question de Jésus que pour mettre en scène le récit du Grand Passage : en pensée, en imagination et peut-être avant tout dans la foi, Joachim était du premier voyage ; comme Moïse au moment du départ il aurait pris avec lui les ossements de son père : il était juif, fils de cette traversée fondatrice. À ce propos la mer des Joncs était-elle un désert de sable ou une succession d'étangs où poussait le papyrus ? Peu lui importaient ces précisions, ce qu'il voulait léguer à son petit-fils, c'était la conscience de son appartenance à un peuple de marcheurs libérés sous le sceau de YHWH, un peuple en quête perpétuelle, un peuple qui mangeait debout et dormait sous la tente, dans la rudesse et l'inconfort, un peuple en permanence attentif aux possibles visitations de Dieu : Il avait parlé à Moïse, Il avait visité le peuple au plus noir de l'exil et de l'esclavage, Il avait conclu une alliance avec Israël, Il n'avait cessé de parler par les Prophètes sous une chape de visions et de métaphores, à tout instant, Il pouvait surgir — comme avaient surgi les flammes de la maison voisine — et c'était pour cela qu'il fallait toujours avoir l'esprit en alerte, un esprit libre et nomade.

Jésus s'approcha de son grand-père. Il se blottit contre lui, presque ensommeillé.

— Pourquoi, demanda-t-il enfin, cette nuit n'est-elle pas comme les autres nuits ? D'habitude nous mangeons du pain levé et non levé, cette nuit nous mangeons seulement du pain non levé. D'habitude nous mangeons toutes sortes d'herbes, cette nuit nous mangeons seulement des herbes amères. D'habitude nous ne trempons pas nos aliments, cette nuit nous les trempons deux fois. D'habitude nous mangeons assis, cette nuit nous sommes debout.

— C'est que nous avons été esclaves de Pharaon en Égypte et que l'Éternel notre Dieu nous a fait sortir de ce pays par la puissance d'une main et d'un bras...

Il était soulagé et ravi. Il était plus heureux qu'au sortir des flammes. La Pâque était validée. Jésus avait posé les questions attendues. Il y avait dans le regard de Joachim une luminosité intense, celle de la mer fendue. Alors tous ceux qui étaient autour de la table pascale purent entonner le cantique de Moïse :

« *Je veux chanter pour YHWH,*
car Il a déployé Sa grandeur :
cheval et cavalier,
Il les a jetés à la mer.
Ma force et mon hymne, c'est YH ;
Il devint pour moi le salut.
Il est mon Dieu, je Le célébrerai,
le Dieu de mon père, je L'exalterai.
YHWH est un guerrier,
Son nom est YHWH.
Les chars de Pharaon et son armée,
Il les a précipités dans la mer ;
l'élite de ses écuyers
s'est enfoncée dans la mer des Joncs ;
les abîmes les recouvrent,
ils sont descendus dans les gouffres comme une pierre.
Ta droite, YHWH, resplendit de vigueur,
Ta droite, YHWH, écrase l'ennemi.
Par la grandeur de Ta majesté
Tu renverses Tes agresseurs ;
Tu déchaînes Ton courroux,

il les dévore comme de la paille.
Au souffle de Tes narines, les eaux s'amoncelèrent,
les flots se dressèrent comme un bloc,
les abîmes se figèrent au cœur de la mer... »

Jésus s'était endormi dans les bras de Joachim. Puis il y eut, après le cantique, un long chant d'actions de grâces que scandait un refrain. Le sommeil de Jésus parut soudain insupportable au grand-père qui le réveilla.

— Ne dors pas si vite, murmura Joachim. Ne t'endors pas déjà, la fête n'est pas finie. D'abord il y a un couvert vide et tu dois rester éveillé pour voir s'il vient quelqu'un. Je crois que ces histoires de guerriers et de flots qui s'ouvrent te lassent. Toi aussi pourtant, Jésus, tu reviens d'Égypte. Comme tout Juif d'abord sauvé par YHWH à la suite de Moïse. Mais toi aussi, tu as disparu en Égypte après ta naissance. C'est ta mère qui m'a raconté ce voyage au pays des papyrus, des varans, des pharaons et des momies. Le roi Hérode te cherchait. Imagine-toi qu'il en voulait à un jeune enfant, comme celui que j'ai sauvé des flammes hier ! Dès que tes parents surent qu'une menace pesait sur ta vie, ils décidèrent de prendre la fuite, de te cacher. Et tu es resté au pays des pharaons et des momies, dans ce pays où les chats et les faucons sont des dieux, dans ce pays où l'on dit que les morts dorment ligotés de bandelettes dans des tombeaux d'un bleu unique, jusqu'à la mort du mauvais roi Hérode. Un Ange est alors apparu en songe à ton père et il lui a dit : « Lève-toi, prends avec toi l'enfant et sa mère, et va au pays d'Israël, car ils sont morts ceux qui en voulaient à la vie de l'enfant. » Je ne sais si les flots se sont ouverts à ton passage. Tu vois, toi aussi, tu viens d'Égypte, comme Moïse et ses frères, tu as connu l'amertume et l'exil...

De nouveau, Jésus s'était endormi. La litanie avait repris :

« Alors les chefs d'Édom sont frappés d'épouvante,
le tremblement saisit les princes de Moab,
tous les habitants de Canaan perdent cœur.
Sur eux tombent la terreur et l'effroi,
la puissance de Ton bras les rend muets comme la pierre,
tant que passe Ton peuple, YHWH,
tant qu'il passe, ce peuple que Tu as acquis.
Tu les amèneras et Tu les planteras
sur la montagne de Ton héritage,
au lieu dont tu fis Ton habitation, YHWH,
au sanctuaire, Seigneur, qu'ont établi Tes mains.
YHWH règne à jamais et toujours !
Car les chevaux de Pharaon, avec ses chars et ses cavaliers, avaient pénétré dans la mer, et YHWH avait fait revenir sur eux les eaux de la mer, tandis que les fils d'Israël avaient marché à pied sec au milieu de la mer. »

Et l'on but la dernière des quatre coupes de vin rouge, très lentement, en humant l'odeur de terre mouillée qui entrait par la porte ouverte.

*

Un visiteur anonyme s'est posté tout près de la fenêtre. À l'intérieur, ils ne savent pas qu'on les regarde. La nuit est épaisse dans l'atelier de Joseph et seule une haute flamme la perce comme une vrille. Dans la noirceur d'encre qui confond silhouettes, blocs de bois et outils, deux formes émergent, l'une massive, l'autre fine, déliée. Les deux formes portent des vêtements sombres, laineux, de facture grossière. Quelque chose advient dans ce silence. L'enfant s'est approché une torche à la main, une torche à la flamme oblongue et célestielle qui éclaire sa main gauche par transparence, et il contemple le charpentier tendu, recueilli, le charpentier comme un tronc ployé dans le fouillis des écorces et des copeaux, le charpentier occupé à faire naître une forme de la compacité muette du bois. Les outils gisent tout autour, comme des signes. Quelque chose advient, dans le travail, la sueur, l'économie des gestes et le respect de la matière. Car ces hommes qui dans leurs lentes litanies rauques chantent la rosée et la terre, les flots traversés et l'Adam né du limon, ont un respect infini pour les éléments de la création. Et il y a autant de sacré et de liturgie dans cette scène de labeur ordinaire que dans le repas de la nuit pascale.

Le visiteur anonyme n'entend aucun bruit. Les deux êtres rassemblés autour de la flamme qui palpite et s'étire — les deux êtres qu'encadre le rectangle de la fenêtre — ne se parlent pas. Il y a un actif et un témoin muet. Pourtant que serait le charpentier sans la torche qui l'éclaire ? Peut-être sombrerait-il dans la nuit indistincte de l'atelier, parmi les rabots, les forets, les varlopes, les coins. Pour l'heure, l'objet travaillé n'a pas de forme identifiable. C'est peut-être un escabeau, une échelle, un perchoir. Seuls luisent les bras et les mains de l'homme. En revanche, le visage androgyne de l'enfant est inondé de lumière. Comme transfiguré par une lumière fluide et dorée qui ne provient pas uniquement de la flamme.

*

La vie s'est soudain arrêtée dans la maison du charpentier, Joseph a posé les outils, le bois a cessé de crier sous les assauts de la hache et de la scie. Un cercle s'est formé autour de Marie, plus émouvant encore que celui de la nuit de la Pâque. Instinctivement, Jésus a senti que ce cercle l'excluait. Il est sorti. Il s'est posté contre la fenêtre. Il voit tout et on ne le voit pas. Il a poussé contre le mur de vieux meubles rescapés de la maison des voisins et il s'est juché sur ce perchoir inconfortable. Marie est encore allongée, elle couve du regard le nouveau-né que l'on a déposé dans un berceau tout neuf sculpté par Joseph. Anne, Joachim sont là, d'autres parents, des amis de Nazareth. Il ne manque que Jésus dont la disparition semble ne soucier personne. Marie porte une robe d'un rouge vif tirant sur l'orange, elle sourit, faiblement, comme si la vie s'était assourdie en elle après cette naissance. Elle a les yeux mi-clos, elle rêve, elle prie. Elle glisse dans un monde désamarré, loin des contraintes et des attaches du réel. Elle revoit une autre naissance, une grange remplie de paille jusqu'au plafond, des bergers, la menace d'Hérode et de ses hommes, des rois venus d'Orient. Marie est ailleurs et ce ne sont pas les vagissements du nouveau-né qui la feraient revenir dans sa chambre de Nazareth.

Ses lèvres ont bougé, elle a demandé où se trouvait Jésus. Mais personne aujourd'hui ne s'occupe de Jésus. Seul compte Jacques, son frère, de trois ans et quelques mois son cadet, Jacques qui a reçu ce nom parce que tel était le souhait de son grand-père maternel. Et Joachim exulte, il est dressé, c'est lui qui domine le cercle de sa stature souveraine, comme un vieux mage de cendre et de suie, c'est lui qui berce l'enfant comme s'il en était le père.

Joseph est arrivé, une lampe à la main. Il protège la flamme qui tremble de sa grosse main calleuse. Et la lumière rebondit sur son visage hilare, sur ses traits métamorphosés par la joie d'être père. La joie de Joseph est plus vive encore que celle de Joachim. Lui d'ordinaire si songeur et si taciturne, il irradie, il explose d'un feu plus fort que celui de la flamme qu'il abrite. Et la torche qu'il porte est son emblème, elle est le signe d'une paternité rayonnante.

Dans son berceau, Jacques est emmailloté comme dans un lacis de bandelettes. Les langes sont croisés à la façon d'une vêture de momie. L'enfant a les yeux clos, un teint de cire. Et lorsque la flamme l'éclaire, de manière toujours fugitive, c'est le visage d'un petit mort qui se dessine. Seul, exclu, perché sur son tas de bois, Jésus contemple avec gourmandise le cercle, le petit mort, la flamme, l'hilarité de son père, la rêverie muette de Marie. Il contemple et il pleure. C'est un autre que l'on regarde, c'est un autre qui suscite l'émerveillement et la joie. C'est un autre qui porte désormais la fierté de la maison du charpentier.

Il s'est lassé de regarder par la fenêtre. De regarder sans être vu. Il n'a pas d'auréole. La torche ne l'éclabousse pas. C'est comme si soudain la vie refluait hors de lui. Il n'est rien dans le soir parfumé de Nazareth, rien qu'un oublié qui pleure. Il court, dans l'enchevêtrement des ruelles, il court parmi les moutons et les chevreaux qui déferlent, hagard et ivre. Des femmes l'ont reconnu et l'interpellent. Il ne répond pas. Il n'est que douleur et sanglots. Il y a en lui comme une force qui l'érode, un mal qui ravage ce corps qui n'est pas fait, une douleur qui est le fruit de motifs indémêlables. Une douleur et une solitude.

« Jésus ! Jésus ! » On l'appelle. Les commères aux robes noires aimeraient sans doute savoir si son frère est né. Elles voudraient connaître son nom avant même la circoncision. Il revoit le petit mort dans sa mangeoire, l'entrelacs des bandelettes de lin blanc, la flamme qui léchait la robe de Marie et le regard extasié de son père. Il continue de courir. Les forces commencent à lui manquer. Il ne sait plus où il va. Il irait bien jusqu'à la montagne mais l'endroit le terrorise. C'est le lieu des cerfs, des bêtes sauvages. Alors il décide de se perdre dans le village. Il entrera dès qu'il trouvera une porte ouverte. Il y en a une justement qui donne sur une grande salle vide, un arbre de flammes brûle au fond, Jésus s'avance, apeuré, incertain, il ne sait pas où il met les pieds, il lui semble avoir déjà visité cet endroit mais il était plein de monde, ce devait être la nuit de la Pâque — et il tombe exténué au pied de l'arbre illuminé.

Des mains vigoureuses le saisissent. Il croit qu'un rapace l'arrache à la terre. C'est Joseph, hirsute, furieux, qui le cherche depuis plusieurs heures, Joseph qui ne rayonne plus, Joseph dévasté par la peur d'avoir perdu Jésus. Le rabbin a prévenu la famille qu'un enfant s'était endormi dans la synagogue. Oui, des heures que tous le cherchaient, Joachim, Anne, des parents et des voisins. Jésus ensommeillé est ramené *manu militari* à la maison. Joseph gronde. Il dit que c'est intolérable, intolérable qu'un enfant si jeune s'échappe de la maison et cause une telle frayeur à ses parents. Il dit encore que Jésus ne sortira plus, qu'il sera enfermé désormais. La poigne du charpentier est si forte qu'elle broierait la main de Jésus.

Auprès du berceau du nouveau-né, Marie sourit, impassible. Jésus s'est jeté dans ses bras et elle lui caresse longuement le cou, les cheveux. Elle est si heureuse d'avoir retrouvé son fils qu'elle respire avec difficulté. Elle est lumineuse et elle ne lui adresse pas le moindre reproche. Joseph s'en étonne. Il ne cesse de fulminer.

— Va travailler, lui dit-elle, et laisse-nous en paix...

Elle veut être auprès de ses deux fils, elle ne veut plus de regard extérieur, de flamme cruelle qui écorche les visages et la blesse. Elle veut retrouver la lumière secrète de Jésus, cette lumière qu'elle est la seule à capter.

— Dis, Maman, si c'est comme pour moi, quand part-on au pays des momies et des crocodiles ?

Marie éclate de rire. Elle ne peut contenir ce fou rire

qui la saisit et réveille en elle les blessures de la naissance proche.

— Rassure-toi, répond-elle, nous ne quitterons pas Nazareth, personne n'en veut à ton frère, il n'y a pas de mauvais roi qui veuille la tête de Jacques, le pays des momies et des crocodiles, comme tu dis, c'est de l'histoire ancienne...

La synagogue, encore. L'arbre de flammes brûlait toujours. C'était le huitième jour après la naissance de Jacques. Au début de la cérémonie, on plaça l'enfant un court instant sur une haute chaise qu'habillait un tissu rouge sombre. C'était la chaise du prophète Élie. La tradition voulait que tout enfant fût placé quelques instants avant sa circoncision sur les genoux de celui qu'on appelait l'Ange de l'Alliance avant d'être confié au *Sandak*, son parrain qui le tiendrait durant l'opération. Bien entendu, c'était Joachim qui avait été choisi. Il serait l'autel sur lequel le nouveau-né serait offert à YHWH au moment où il entrait dans l'alliance d'Abraham.

Le *Mohel* arriva. C'était le circonciseur, un vieil homme à l'air revêche et cruel qui était aussi chargé de l'abattage rituel des animaux de boucherie. Jésus s'était approché, ne voulant rien manquer de ce qui allait se passer. Le *Mohel* sortit ses instruments : le couteau aiguisé des deux côtés, le stylet qui servirait à détacher le prépuce du gland et le petit bouclier qui protégerait le gland pendant l'incision. Il exécuta le rite de façon scrupuleuse. Le nouveau-né se mit à hurler. Le *Mohel* poursuivait son ouvrage, imperturbable. Et lorsque le prépuce eut été sectionné, il pratiqua la succion du sang qui ruisselait du sexe. Jésus n'avait manifesté aucun signe d'effroi. Il n'avait rien perdu du rite, vivant l'entrée de son frère dans l'alliance — et l'incomplétude — dans un état d'attention qui avoisinait l'extase.

Alors fut annoncé publiquement le prénom du deuxième fils de Joseph et de Marie. On ne l'avait pas fait jusque-là, craignant que l'enfant ne fût avant sa circoncision la proie des démons et de Lilith leur reine.

*

Lorsqu'il gagnait la montagne en compagnie de sa grand-mère, Jésus ne cessait de l'interroger. Il voulait qu'elle lui parlât d'Abraham et de Moïse, d'Élie aussi qu'on avait attendu la nuit de la Pâque et dont il avait vu la chaise le jour de la *Berit mila* de Jacques. Il était précoce et d'une insatiable curiosité. Anne avait un caractère volontaire et enjoué et, malgré l'âge qui venait, elle cédait à tous les caprices de Jésus. Voulait-il grimper sur ses épaules, elle s'exécutait. Désirait-il aller voir de plus près les agneaux et les chevreaux qui venaient de naître, Anne le conduisait sans hésiter. Il s'était tissé entre eux une complicité très forte, une complicité fortifiée par le grand air et les escapades loin de la maison familiale. Anne veillait aussi à ce que Jésus connût ses prières. C'est elle qui lui apprit « *Modé ani* ». Elle tenait à ce que son petit-fils sût la prière que tout Juif doit réciter dès son réveil. Elle expliquait que pendant le sommeil l'âme quitte le corps pour reposer entre les mains de

YHWH qui la protège. Jésus écoutait avec émerveillement ces histoires de ciel, de sommeil, d'âmes fugueuses. Ils s'arrêtaient toujours au même endroit le long du chemin escarpé et rocailleux qui court vers les hauteurs de Nazareth : c'était une sorte de petit banc creusé dans la roche, très friable à cet endroit. Jésus se blottissait sur les genoux d'Anne qui lui faisait réciter la prière matinale : *« Je Te rends grâce, Roi vivant et éternel, de m'avoir dans Ton amour rendu mon âme. Grande est Ta fidélité. »*

L'horizon très bleu s'étalait à perte de vue devant eux. La plaine d'Esdrelon avec ses espaces cultivés qui mettaient une touche verte dans un territoire où dominaient le beige et l'ocre, le Thabor superbement érodé. Lorsqu'elle regardait ces lointains, Anne se taisait. Figée à cette frontière où le monde s'élargissait, elle ressemblait à une sentinelle roide, creusée par le jeûne. Elle ne se nourrissait que de lait caillé et de poisson grillé, ce poisson qui, à l'en croire, fertilisait le corps de tout être vivant. C'était une femme sèche, noueuse, presque minérale. Elle aurait passé des heures à contempler les lointains, les plaines vertes, les morsures du désert, les premiers ergots rocheux. Quand elle n'éclatait pas de rire — la moindre bêtise de Jésus la faisait rire aux larmes —, elle priait. Très vite, l'enfant avait compris la nécessité pour elle de se taire, de s'absenter ; alors elle devenait cette divinité muette et sombre, raidie dans son encoche de tuf que Jésus avait appelée *la chaise d'Anne*.

*

C'est un jour de grande pluie. Le déluge remplit les terrasses des toitures et l'eau ruisselle presque dans les maisons. Jésus doit avoir environ cinq ans. Le ventre de Marie a grossi. Il considère avec ébahissement l'éminence qui lui gonfle le ventre. On lui a dit qu'un autre enfant devait venir, une fille peut-être. Se souvient-il de sa fuite jusqu'à la synagogue au moment de la naissance de son frère ? Il s'est habitué à cet enfant qui marche à présent et avec qui il doit partager les moments de grâce avec Anne. Parce que autant Joachim est actif, remuant, imposant, autant Anne est calme, proche, disponible — à l'écoute.

Dans l'atelier, Jésus a toujours sa place attitrée, une poutre qui devait soutenir une plate-forme qui n'a jamais été construite. C'est là qu'il a posé la réplique de l'arche de la synagogue que son père lui a offerte. C'est auprès de ce coffre qu'il songe à Adam, à Noé, à Moïse, à Abraham. Et à Élie. Cet Élie qu'on ne voit jamais, qui a sa chaise à la synagogue et qui ne vient même pas boire la coupe de vin qu'on lui prépare la nuit de la Pâque. Il est vrai que s'il passait boire toutes les coupes de Nazareth et d'ailleurs, il y a longtemps qu'il serait ivre mort...

Il rêve aux patriarches, tout en humant la bonne odeur du bois quand on arrache l'écorce. Il flotte dans l'atelier, et dans la maison — laquelle communique directement avec l'atelier — un capiteux *éther de résine* qui provient du bois fraîchement taillé. Jésus est encore trop jeune pour accompagner son père lorsqu'il monte dans la montagne choisir et abattre les arbres. Pour l'heure, il se contente de répéter la litanie des noms des outils et des déchets dont il ne se fatigue jamais. Et il redemande à Joseph de lui montrer le billot, l'établi, la multiplicité des rabots, la gueule-de-loup, les vrillons, les feuillures, les moulures, les varlopes, les copeaux...

Joseph s'est juré de lui faire connaître les arbres d'Israël dont il possède un échantillon dans l'atelier. Il semblerait que la préférence du charpentier aille à l'olivier, c'est le premier échantillon que Joseph présente chaque fois à Jésus, sans doute parce que c'est l'arbre dont la colombe apporta à Noé un rameau tout frais après le Déluge. Et l'énumération se poursuit.

— Et celui-ci ? questionne Joseph.

— Le figuier, répond Jésus.

— De quoi cet arbre est-il signe ? demande Joseph.

— De paix et de repos.

— Et celui-ci ?

— Je crois que c'est de l'amandier.

— Très bien, et te souviens-tu de ce qu'il représente ?

— Je crois que c'est l'emblème du veilleur.

— Et celui-ci ?

— C'est un morceau de pommier.

— Là, tu ne peux pas savoir ce qu'il veut dire. Le pommier est lié aux choses de l'amour. Et celui-ci ?

— C'est du cèdre.

— Parfaitement. C'est un bois précieux. Et te rappelles-tu qui a utilisé ce bois ?

— Salomon, pour construire le Temple.

Il semble impossible de mettre Jésus en défaut.

— Et celui-ci ? demande Joseph.

Jésus hésite. Il réfléchit :

— Je pense que c'est du cyprès...

— C’est cela...

Joseph s’est lassé. Il reprend son rabot. Jésus est toujours perché sur sa poutre.

— Et cet autre là-bas, pourquoi ne me l’as-tu pas montré ?

— Lequel ? dit Joseph qui feint de ne pas voir.

— Celui qui est là-bas, entre le cèdre et le cyprès, le gros tronc...

— Tu as raison, grommelle Joseph, j’ai oublié celui-là, c’est de l’acacia...

— De l’acacia ?

— Oui.

— Tu as oublié aussi le peuplier...

— Je n’en ai pas ici, c’est un bois qu’on ne travaille pas. Comment se fait-il que tu connaisses le peuplier ?

— C’est Anne qui m’a raconté l’histoire de Jacob qui mettait des baguettes de peuplier dans les abreuvoirs où les bêtes venaient boire et lorsqu’elles passaient devant les baguettes, il naissait des petits qui étaient rayés, mouchetés ou tachetés...

— Tu en connais des choses ! C’est vrai que le peuplier appartenait à l’attirail magique de Jacob...

— Mais tu ne m’as pas dit ce que voulait dire l’acacia...

— Cela suffit pour aujourd’hui, gronde soudain Joseph. Et tu sais, Jésus, je vais te dire, on ne doit pas tout savoir. Ne recherche pas ce qui te dépasse. Ce qui t’est caché, n’essaie pas de le découvrir. Tu n’as pas à t’occuper du mystère. Tu en sais déjà bien assez comme ça...

Jésus s'est muré dans le silence. Le savoir qui l'illuminait il y a peu s'est comme évaporé et Jésus s'est mué en enfant taciturne et boudeur. C'est qu'il déteste qu'on ne lui vienne pas en aide lorsqu'il veut déchiffrer quelque chose qui attise sa curiosité et le dépasse. Cramponné à sa poutre, il grogne, tout en écoutant les trombes ruisseler sur la terrasse.

*

On dirait que la maison du charpentier est celle des bougies. Bougie qu'apporte Jésus pour éclairer l'ouvrage de Joseph, bougie que porte Joseph pour éclairer Jacques dans son berceau. Jésus n'aime rien tant que le rite du vendredi soir, au crépuscule, lorsque Marie allume les lampes du *Chabbat*. Anne lui a dit qu'elles symbolisaient la lumière divine qui descend pour *Chabbat* sur le monde et l'âme supplémentaire qui brille en chaque Juif pendant la durée de la fête. Marie respecte ce rite avec une exactitude scrupuleuse. Sa mère, très superstitieuse, lui a sans doute rappelé que toute femme qui négligerait cette obligation encourt le risque de mourir en couches. Jésus connaît parfaitement le rite des bougies du vendredi soir et il l'attend avec impatience. Il sait que ces lumières viennent réparer la faute d'Adam. Il sait que tout à l'heure, au retour de la synagogue, Joseph et Marie béniront leurs enfants en posant les deux mains sur leur tête en récitant quelques versets de la *Tora*.

Mais rien n'est plus beau que l'instant où Marie allume les bougies, drapée de son long châle bleu. Elle le fait lentement, avec une retenue et une application rares. Et, lorsque les bougies sont allumées, elle les couvre de ses mains, comme si elle voulait dissimuler les flammes qui montent. Ses mains blanches et fines se métamorphosent en abat-jour translucides et l'on voit les flammes naissantes danser au travers de ses paumes. Elle veut contenir la montée du feu pour penser aux siens, à Jacques, le fils de Joseph, à Jésus, si étrange, si déroutant, si curieux, lui le fruit d'une paternité inconnue.

Elle s'est figée devant les flammes du *Chabbat*, elle est seule dans l'atelier déserté, seule parmi les blocs de cèdre, d'olivier et d'acacia. Déjà les lumières lui brûlent les paumes. Il y a des moments où une force inconnue la traverse, une force qui l'incite à éteindre ces feux où elle croit retrouver l'éclat secret qui émane de Jésus et qu'elle semble être seule à voir. Mais cette lumière qui lui caresse et lui brûle les doigts est bien plus que le feu rituel du vendredi soir : c'est une source auprès de laquelle elle se consume et reprend vie.

La peur la saisit soudain. Elle a prié pour les siens et elle cherche Jésus. Il n'est pas sur sa poutre favorite. N'erre-t-il pas seul encore dans le dédale des ruelles ? Elle ne le voit plus et elle sait qu'il est cette lumière qui lui dore les doigts. Elle frémit.

À l'extérieur, de l'autre côté de la fenêtre, juché sur son tas de bois calciné, Jésus, mystérieusement calme et silencieux, contemple sa mère.

Il n'est jamais si révolté contre son père que le soir de la néoménie, lorsque les enfants de Nazareth courent saluer la vague de torches qui arrive de Jérusalem. En effet, l'interdit paternel est absolu : il est hors de question que Jésus quitte la maison parentale pour suivre les garçons du village qui montent saluer les feux. Il doit se contenter de regarder depuis sa poutre les rayons de la lune qui baignent l'atelier. C'est pour lui une chose totalement inexplicable mais il aime cette lumière plus que tout. Infiniment plus que celle du soleil. Joachim lui a raconté qu'à la création du monde, la lune avait un éclat aussi vif que le soleil mais, comme deux astres d'égale puissance ne pouvaient coexister dans le ciel, la lune a inexorablement pâli.

Cette histoire a renforcé la haine que Jésus nourrit pour le soleil. Il déteste marcher lorsque tout est en ébullition, dans le fracas des cigales et des grillons. Il préfère se terrer dans l'atelier, rester humer l'odeur de la sève et de la sciure. Malgré l'interdit que lui a signifié Anne, il voudrait pouvoir fixer la lune. Il aimerait aussi un soir s'échapper de la maison et dormir seul au creux des rochers dans un faisceau de rayons bleutés. Mais à tout instant la démone Agrath Bath Makhlath peut survenir, en quête d'une proie.

Quand il pleut, quand il est fatigué aussi d'observer les travaux de Joseph, Jésus rejoint Joachim. Il s'installe sur ses genoux et lui demande une histoire. Le vieil homme est intarissable. Il doit en connaître plus de mille. Rien ne saurait l'arrêter lorsqu'il commence à dévider le fil de ses récits immémoriaux. La pluie bat la fenêtre. La terrasse du toit s'est changée en bassin.

Joachim voudrait intervenir, lutter contre l'intempérie mais Jésus l'en empêche.

— Redis-moi l'histoire de Louz...

Il s'agit d'une ville lointaine édifiée à un endroit que Jacob sanctifia en y répandant de l'huile sainte. C'est une ville qui porte le nom d'un os, un os indestructible situé à la base de la colonne vertébrale, un os en forme d'amande à partir duquel, le jour de la Résurrection finale, tous les corps se recomposeront... Joachim affirme toujours avec beaucoup d'autorité que les eaux du Déluge ont dissous l'os *louz* du squelette d'Adam, si bien que le premier homme ne sera pas de la Résurrection.

Chaque fois qu'il entend cette histoire, Jésus prie son grand-père de bien vouloir toucher son os *louz*. Il veut s'assurer qu'il a bien cet os en forme d'amande à la naissance de la colonne vertébrale ; vif et intact, il compte bien être de la Résurrection. Mais Louz, poursuit Joachim, est surtout le nom de cette ville lointaine, située aux marges du désert, une ville qui ne disparaîtra jamais et contre laquelle l'Ange de la mort ne peut rien. Jésus s'assombrit quand il entend cette histoire. Une ville d'os et de vivants éternels, une ville d'ossements immortels.

— Tu y es déjà allé ? interroge Jésus.

— Jamais. C'est une ville de songe, une ville comme on en voit dans les livres du Livre. Elle est cachée sous le sable et on ne peut y descendre que par un amandier creux qui ouvre sur une caverne...

La pluie fouette la fenêtre, Jésus erre sous les sables, parmi les vivants indestructibles et les os en forme d'amande. Il rêverait d'arpenter cette cité à la lueur de la lune, et de la fixer intensément pour défier Agrath Bath Makhlath. Louz est devenue sa ville, sous les sables, avec sa porte sous l'amandier creux, des galeries, des souterrains à l'infini, des chambres remplies jusqu'au plafond d'ossements et d'amandes... Il rit. Obsessionnel, il demande à Joachim de lui redire la légende.

— On a compris ! tonne Joseph, agacé.

— Il n'a rien compris, corrige Jésus, incitant malgré tout son grand-père à poursuivre, plus tard, moi, j'aimerais être le roi de Louz...

*

C'est *Chabbat*. Jésus accompagne ses parents à la synagogue. Ce soir, c'est au tour de Joseph d'assurer la lecture de la *Parasha* de la semaine. Il est extrêmement grave. Il a revêtu le châle de prière. Jésus, qui est souvent distrait et perturbateur à la synagogue, s'est laissé gagner par la gravité de Joseph. Ce soir, il ne jouera pas. Peut-être cette tension est-elle due à la nature du passage que Joseph doit lire. À moins que des soucis n'assombrissent son univers quotidien de père et de charpentier. L'enfant a confusément perçu cette tension qui mine son père, mais il s'est habitué aux silences et aux grognements de Joseph.

Jésus connaît parfaitement le rituel. Joseph va s'approcher de l'arche sainte qui contient les rouleaux du Livre. Puis il portera le Rouleau sacré jusqu'à la *Bima* pour en donner lecture. Et il monte vers l'arche et s'arrête. Il s'est figé devant le coffre sacré et reste immobile, comme s'il ne voulait plus assurer la lecture. La communauté qui s'apprêtait à entonner les versets rituels s'est elle aussi figée. Joseph a-t-il perdu la raison ? Une maladie le paralyse-t-elle ? De longs instants passent ainsi, interrompant l'office, comme si Joseph refusait son rôle ou comme s'il s'était mis en prière. L'heure est grave et tout à fait exceptionnelle. Personne ne bouge. L'assistance semble elle aussi pétrifiée.

Des chuchotements se font entendre :

« Mais qu'a-t-il ? »

« Tu vas voir, il va se retourner et accuser quelqu'un dans la salle... »

« J'espère pour lui qu'il ne mésuse pas de ce privilège, sinon la *Tora* se vengera de lui à sa mort... »

« On dit qu'il ne supporte plus sa vie à Nazareth, qu'il veut partir... »

Joseph descend les marches et gagne la *Bima*. Nul ne saurait dire le temps qu'a duré son silence. Et l'office reprend, comme s'il n'y avait rien eu.

Sur le chemin du retour, Jésus questionne son grand-père.

— Pourquoi s'est-il arrêté au pied de l'arche sainte ?

— Je ne sais pas, il faudrait que tu le lui demandes...

— Tu sais bien qu'il ne me répondra jamais...

— Il est peut-être inquiet, ta mère est de nouveau enceinte...

— Ce doit être plus grave...

— Mais non, ne t'inquiète pas...

Et pour le distraire, Joachim raconte une fois encore

l'histoire de Louz et de l'os qui a la forme d'une amande. Mais la légende de la ville n'intéresse absolument pas Jésus ce soir.

— Qu'est-ce que ça veut dire lorsqu'on se place devant l'arche ouverte et qu'on ne bouge plus ?

Joachim continue de marcher. Il avance comme s'il n'avait rien entendu. Il y a des moments où le harcèlement continu des questions de l'enfant devient insupportable.

— Mais qu'est-ce que ça veut dire ? crie Jésus en trépignant.

Cette fois, c'en est trop, Joachim accélère le pas et traîne Jésus. Il est furieux. Il y a des questions qu'un enfant ne doit pas poser, il y a des rites et des actes qui ne regardent que les adultes, la curiosité des enfants a des limites. Jésus s'empourpre, il tape du pied, il ne saurait se satisfaire de ce silence qu'on lui oppose. Un moment, Joachim, totalement dépassé par les événements, concède :

— Lorsque nous serons rentrés, tu poseras directement la question à ton père...

Ils arrivent. Marie a allumé les bougies du *Chabbat.* Jésus se précipite vers Joseph :

— Pourquoi t'es-tu arrêté si longtemps avant de lire le Livre ?

La réponse ne se fait pas attendre. C'est une gifle rageuse qui jette Jésus à terre. Marie s'interpose. Joseph la retient. L'enfant a fui. Joseph hurle :

— J'en ai assez des questions de ce gosse. Assez de son regard. Qu'il aille à l'école, qu'il apprenne à lire et qu'il me fiche la paix. Ce que je viens de vivre, me taire devant l'arche, est suffisamment grave pour qu'on me laisse en paix...

C'est un *Chabbat* gâché. Marie pleure. L'enfant a disparu. Et Joseph, inhabituellement coléreux et violent, interdit qu'on aille le chercher.

Il était exceptionnel que l'on ralentît le rythme de l'office au moment où s'ouvrait l'arche sainte. La tradition voulait qu'on profitât de manière rarissime du moment où s'ouvraient les portes de l'arche pour se plaindre à Dieu d'un tort que l'on avait subi. Quel était ce tort, ce doute, ce mystère qui torturait Joseph ? Quelle était cette plaie jusque-là cachée ?

Les habitants de Nazareth qui étaient à la synagogue ce soir-là n'avaient rien compris. Et ils ne pouvaient pas comprendre. Marie, ravagée par la douleur, proposa de partir. Elle s'offrait en victime expiatoire, tout en sachant bien qu'elle n'était pas la cause de ce trouble. Mais il fallait qu'il fût clair que jamais elle n'abandonnerait Jésus. Et si elle restait, c'était évidemment avec Jésus. Elle comprenait que la présence de cet enfant étrange, survolté, d'une inextinguible énergie et d'une inlassable curiosité, fût une source de souffrance pour Joseph. Elle ne l'avait pas demandé. *On* le lui avait imposé. Et elle avait acquiescé. Elle n'avait eu qu'un mot : *que Votre volonté soit faite*. Et cet enfant était né. *Leur* enfant. Certes, il n'était pas le fruit de la semence de Joseph. Jacques l'était. Et Simon qui allait naître.

Ce devait être ce trouble qui, une fois encore, avait conduit Joseph à interroger YHWH, et peut-être même à lui adresser des reproches. Marie en tremblait. La seule idée que l'on pût exposer un grief au Seigneur la glaçait. Elle ne connaissait qu'un registre : l'acceptation. *Que Votre volonté soit faite. Je m'en remets tout entière à Votre lumière.*

Celle des étoiles marines et des portes du ciel.

3

ÉVANGILE DU RIDEAU LÉGENDAIRE

Marie, fille d'Anne et de Joachim, était pieuse et soumise. Dans son enfance, jamais on ne l'avait vue se rebeller et s'opposer aux ordres qu'on lui donnait. Elle était de la lignée de David, mais elle ne tirait aucun prestige de cette appartenance. Il semblait que sa vie se résumât à quelques gestes simples — coudre, broder, puiser l'eau —, c'était une fille de la nuit et du silence, sombre et d'une beauté toute lunaire, calme, secrète, méditative.

Sa beauté commençait à attirer les regards. Elle ne passait pas inaperçue lorsqu'elle descendait à la fontaine. Les hommes, les garçons se retournaient sur son passage. Elle suscitait la convoitise et le désir sans que cette situation la gênât : elle se savait depuis toujours destinée à Joseph, un jeune homme sans histoire et sans vice, qui apprenait le métier de charpentier. Eût-elle rêvé époux au métier plus reluisant ? Il paraît bien aventureux d'imaginer les désirs et les envies de Marie. On eût dit qu'elle considérait depuis l'origine que sa vie était écrite. C'était comme une certitude chevillée à son être, une certitude qui faisait que quels que fussent les bourrasques ou les impedimenta *que l'on rencontrât, il n'y avait qu'une chose qui comptait : suivre le cap défini par le Seigneur.*

En ce temps-là, on dut changer le rideau du Temple qui était très abîmé. Le conseil des prêtres n'avait qu'une hantise : que le Seigneur revînt comme un voleur et trouvât Sa demeure dans un état de délabrement scandaleux. Le conseil décida que les travaux de confection d'un nouveau rideau seraient confiés à sept vierges appartenant à la lignée de David. Des émissaires se mirent aussitôt à parcourir Israël mais ils eurent beaucoup de peine à les retrouver. Marie était au nombre de celles-ci. Le Grand Prêtre les réunit toutes et leur dit :

— C'est votre ancêtre qui a ordonné que le rideau qui protège le Saint des Saints soit toujours tissé par des vierges de son lignage. En conséquence, cette tâche vous incombe aujourd'hui.

Et il leur montra le rideau terriblement abîmé, et, posés sur une table, les fils dont elles auraient besoin. Il fallut tirer au sort pour savoir qui filerait le fil d'or, le fil de soie, le fil d'amiante, le fil de lin, le fil d'écarlate et le fil de pourpre. Le hasard du tirage au sort attribua ces deux derniers à Marie.

Rentrée chez elle, Marie ne cessait de rendre grâce. C'était pour elle un honneur, bien plus qu'une charge, une manière de louer le Seigneur. Ce grand rideau du Temple, on le tissait tous les deux ou trois cents ans, et le hasard avait voulu qu'on se souvînt d'elle. Elle n'avait plus de temps à consacrer à son fiancé qui ne s'en offus-

qua nullement. Il taillait des poutres, des aiguillons, des charpentes, des solives pour les terrasses et lorsqu'il abandonnait son atelier de charpentier, c'était pour creuser dans la falaise les salles de leur maison future. Il rêvait de pièces ombreuses et froides comme des sépulcres, des pièces qui communiqueraient par un jeu d'escaliers et de galeries, des celliers, des caves, des saloirs, des greniers pris dans le tuf.

Marie travaillait avec acharnement. Non qu'elle voulût finir la première, éclipser les autres : elle savait que ses doigts, par leur précision et leur célérité, n'avaient d'autre dessein que de louer le Seigneur en Lui donnant le plus tôt possible le voile qui permettrait au Grand Prêtre de prononcer dans une quiétude teintée d'effroi le nom secret de Dieu, celui que seuls quelques élus avaient le droit de connaître. Et elle s'acquittait de sa mission avec ardeur, avec pugnacité. Un léger engourdissement gagnait-il ses doigts, elle se mettait à prier, elle luttait contre le sommeil, contre cette force inverse qui venait contrarier son projet. Ce ne pouvait d'ailleurs être que le fait d'un esprit maléfique qui ne supportait pas que l'on procédât à l'embellissement du Temple.

Elle ne dormait plus, elle tissait nuit et jour. Le fil d'écarlate était celui qui posait le moins de problème, il était souple, agréable à manier, mais il fallait éviter les irrégularités. Le fil de pourpre, en revanche, était bien plus délicat : on devait sans cesse l'humidifier et Marie s'interrompait souvent pour descendre à la fontaine. Lorsqu'elle quittait sa maison, le village, les connaissances, les voisins qu'elle rencontrait, tout était sans réalité. Elle ne pensait qu'à son ouvrage. D'aucuns la crurent distraite, éperdument amoureuse, peut-être folle, elle allait, elle courait, ses pas effleuraient le chemin poussiéreux, elle n'était plus de ce monde.

Lorsqu'il lui sembla que son ouvrage était achevé, elle appela sa mère et son futur époux, et elle leur montra la longue portion sanglante qu'elle avait tissée. Ils reculèrent. Ils étaient sans voix. Car le morceau de rideau réalisé par Marie émerveillait autant qu'il intriguait. Tout dépassait les limites d'un travail humain habituel, tout, les proportions gigantesques, la régularité et la perfection du tissage, la beauté et la puissance de la couleur. La couleur surtout fascina Joseph qui croyait que le sang d'un être vivant s'était répandu dans le tissu pendant que Marie le confectionnait.

— Ce n'est pas possible, murmura Anne, tu n'as pas travaillé seule, quelqu'un t'a aidée...

— Non, répondit Marie, c'est mon travail, mon seul travail. Il est vrai qu'une force m'habitait et me poussait au cours de ce tissage, une force vertigineuse qui me faisait veiller, courir à la fontaine, une force qui me dégourdissait les doigts dans les moments de fatigue...

Et, accompagnée de Joseph, elle prit la route de Jérusalem. Le Grand Prêtre ne l'attendait pas. Elle était la première. Il saisit le rideau, manqua défaillir sous le poids et déroula l'ouvrage sur une table d'or, en face du rideau délabré. Il resta un long moment muet. Marie, terrorisée, se demandait si son travail convenait. Le Grand Prêtre couvait du regard le nouveau rideau apporté par Marie. La parole lui revint :

— Elles auront du mal si elles veulent atteindre ta cheville... C'est proprement stupéfiant. Le Seigneur t'a

guidée. Certes, tu es de la lignée de David mais Il veille sur toi. Tu as tissé la partie centrale du rideau, incontestablement la plus belle. Tu mériterais de connaître le véritable nom du Seigneur, mais je crois que tu ne tarderas pas à le connaître. Et il ne m'appartient pas de te livrer ce que tu connais déjà dans la chair, ce que tes doigts saints et magiques ont écrit...

Le Grand Prêtre était à genoux, immobile, en extase. Il contemplait la lourde étoffe sanglante que Marie avait apportée à dos d'âne, il contemplait et il ne comprenait pas.

— Mais comment as-tu fait, interrogea-t-il soudain, il n'y avait pas assez de fil... Où t'es-tu procuré le fil supplémentaire ? Tu sais bien qu'on ne peut pas mettre n'importe quoi dans le Temple...

— Il n'y a là que le fil que vous m'avez donné, dit Marie. Il était abondant et de grande qualité. Soyez rassuré, je n'ai employé que ce que vous m'aviez donné...

— Tu peux aller en paix, déclara alors le Grand Prêtre. Le Seigneur est avec toi !

Sur la route du retour, Marie décida de s'arrêter chez sa cousine Élisabeth. Celle-ci, enceinte, accomplissait aussi de façon secrète un ouvrage pour le Temple. Lorsqu'elle entendit du bruit à sa porte, elle ne bougea pas, pensant qu'un enfant s'amusait à l'importuner. Mais voici que l'enfant qu'elle portait se mit à tressaillir en elle. Abandonnant son ouvrage, Élisabeth courut ouvrir à Marie qu'elle salua ainsi :

— Ô Marie, tu es bénie entre toutes les femmes et

béni soit le fruit de ton ventre ! Et d'où m'est-il donné que vienne vers moi la mère de mon Seigneur ? En effet, dès que tu as frappé à la porte, l'enfant a bondi d'allégresse en moi. Bienheureuse celle qui a cru en l'accomplissement de ce qui lui a été dit de la part du Seigneur !

Marie ne comprenait pas tous ces mystères.

— Je suis simplement venue te rendre visite au retour de Jérusalem où j'ai déposé au Temple le travail qui m'avait été demandé. Je ne comprends pas ce que tu dis. Serais-je donc vraiment enceinte, moi qui n'ai jamais connu d'homme ?

Élisabeth ne répondit pas. Elle offrit à Marie une légère collation. Elle voulait connaître la vie du Temple, les secrets, les disputes et les haines du conseil des prêtres. Ces choses laissaient Marie indifférente. Élisabeth dit qu'elle aspirait à un Temple nouveau, reconstruit sur des bases saines et pures. Marie était muette et songeuse. Comme si le don du rideau l'eût laissée vaine et oisive. Elle se sentit soudain perdue et demanda à Élisabeth si elle acceptait de l'héberger quelque temps. Elle ne voulait plus rentrer chez elle. Elle ne voulait plus se marier. Elle voulait échapper à tous ces liens qui l'enserraient. Cette maison creusée dans la montagne, cette maternité mystérieuse qu'on lui promettait.

Des milliers de questions se pressaient en elle et ne passaient pas le seuil de sa bouche. La force qui l'avait poussée à tisser, elle en ressentait à présent toute la puissance refluante, une énergie nocturne et térébrante qui la fouillait et la creusait — comme Joseph fouillait et creusait la montagne. Elle était là soudain, idiote, seulette, pieds nus dans ses sandales, chétive et malhabile, lors même que sa cousine rayonnait. Elle était l'envers, un corps brusquement difforme que dévorait une force inconnue. Un Ange était naguère passé, mais c'était comme dans l'étoffe cotonneuse d'un songe. Elle n'avait pas cru à cette destinée aberrante qu'il lui annonçait. Ou si elle y avait cru, c'était instinctivement, sans adhésion, sans ancrage.

Et maintenant la salutation d'Élisabeth avait réveillé en elle une douleur, le souvenir d'un plaisir obscur, une ramification de tentations et d'appels. Quelque chose vibrait en elle, qui n'était pas seulement l'énergie refluante qui avait suivi l'acmé du don, quelque chose qui était plus qu'une palpitation ordinaire, quelque chose de plus ancien et de plus profond qu'un remuement normal des tissus du corps. Et c'était comme une voix ou un puits, une spirale, un chaos. Un chaos qui ébranlerait peut-être le monde et les assises du Temple, un chaos qui, pour l'heure, la vidait et embrasait son cerveau car elle se voyait déjà marquée, exclue, montrée du doigt, vouée à l'opprobre et à la calomnie. Il faudrait l'habillage du silence et du secret, un habillage plus lourd encore et plus épais que le rideau du Temple, pour cacher cette anomalie, cette étrangeté irréductible.

Élisabeth était comme une statue qui la regardait. Marie n'avait jamais vu de statue. Elle craignait plus que tout l'idée d'une représentation fidèle et figée, et c'était pourtant ce qu'elle avait devant elle. Elle regardait le pavage, les cyprès au loin et le soleil qui bouillait. Le soleil qui brûlait, qui calcinait, déposant partout sa croûte d'ombres. Elle s'avança. Sa robe était trop épaisse pour qu'elle sentît le dard du soleil. Elle eut une furieuse envie de se dévêtir. Mais c'était sans compter sur le regard de la statue vigilante.

Il lui restait l'enfermement ou la fuite. La clôture ou l'errance. Elle courait en tous sens. Elle se débattait. Elle n'acceptait plus cette loi des mâles qui la ligotait. Son corps n'était pas un réceptacle, une chair dont on pouvait disposer. Elle sentit, à l'égale puissance de la force qui l'érodait, monter en elle une rage, le brasier d'une révolte. Eût-elle eu le rideau du Temple près d'elle qu'elle l'eût piétiné, lacéré. Ses pensées avaient beau se bousculer, elle avait encore assez de maîtrise et de lucidité pour les classer et les déchiffrer. Et elle maudissait le Grand Prêtre, le Temple, le rideau de pourpre et d'écarlate — jamais Celui dont on proférait le nom au fond du Saint des Saints.

La nausée, une sensation de vertige l'avaient saisie. Elle était à la lisière du soleil et de l'ombre — le soleil avec sa broderie de cyprès —, auprès d'une fosse noire et béante, une fosse sans Présence et sans Nom. Elle était une chair meurtrie, tuméfiée, occupée. Le monde devant elle se creusait comme un cratère calciné et sans vie. Alors une voix commença de monter en elle, une voix qui l'incitait à hurler, à jeter sur le monde un cri qui déchirerait le voile des apparences et le rideau du Temple. Un cri qui mettrait en lumière le vide et la cendre du Saint des Saints — la désertion de Dieu.

Elle cria. Elle crut que l'abîme, la vallée des Morts, le damier des prairies et les cyprès, tout basculait. Mais son cri, loin de fracasser le Temple et de dénuder Dieu, n'était qu'une vocalise de mésange égosillée. Et elle se *mit à courir, hagarde, pensant ainsi chasser de son corps ce germe étranger qui voulait y croître. Il ne lui restait que l'errance pour accoucher dans un buisson, dans la clandestinité, comme une bête. Pour se débarrasser de ce corps intrus qui voulait pousser en elle. Les Évangiles officiels affirment qu'elle passa trois mois chez sa cousine. Elle erra, elle erra très loin de la maison d'Élisabeth, elle erra, comme une folle.*

Un soir, elle arriva au bord d'un fleuve. Un passeur aux gestes gourds et cérémonieux la recueillit. Et il l'emmena, sur les hauteurs, dans une forteresse. Habitaient là les descendants spirituels de Melkisédeq qu'ils vénéraient comme un dieu. À aucun moment ils ne s'offusquèrent qu'elle fût enceinte. Ils craignaient la venue d'un dragon qu'ils appelaient la Bête de l'abîme *et ils n'avaient qu'une peur : que la Bête avalât l'enfant qui allait naître. Ils portaient toujours des vêtements blancs. Ils avaient passé le ruisseau de la mort.*

Une nuit — il gelait à pierre fendre —, les veilleurs de lin blanc l'admirent dans l'une de leurs cavernes secrètes, lui donnèrent un diadème et l'invitèrent à boire à la coupe de Melkisédeq. Cela faisait bientôt trois longs mois que Marie s'était réfugiée dans cette confrérie. Lorsqu'elle eut goûté dans la coupe d'or le vin de la vigne du Seigneur, une joie immense la transporta, si bien qu'elle se mit à briller comme une tour d'ivoire, une étoile sur la mer ou une porte céleste. Et celui qu'elle portait et que les frères appelaient communément le Fils de la Femme *tressaillit d'allégresse. Alors — alors seulement — elle put dire :*

Mon âme exalte le Seigneur,
exulte mon esprit en Dieu, mon Sauveur !

Il s'est penché sur son humble servante ;
désormais, tous les âges me diront bienheureuse.

Le Puissant fit pour moi des merveilles ;
Saint est Son nom !

Et elle rentra chez elle. On ne lui posa pas la moindre question : Élisabeth avait couvert sa disparition.

*

ÉVANGILE DU VIEILLARD QUI S'ATOMISA EN UNE PLUIE D'OR

L'enfant, circoncis, devait être présenté au Seigneur. Il était dit, en effet, que tout mâle premier-né serait consacré au Seigneur *et qu'en sacrifice les parents devaient offrir un couple de tourterelles ou de jeunes colombes. Joseph et Marie n'avaient pas d'argent. Ils offrirent deux pigeons. Ils avaient pris le chemin de Jérusalem, tendus et inquiets. Ils savaient qu'Hérode recherchait l'enfant et qu'il avait le dessein de le mettre à mort. Ce voyage à Jérusalem était peut-être une folie. Quitter la relative clandestinité de Bethléem, c'était s'exposer, c'était livrer un indice aux hommes d'Hérode, au lieu de brouiller les pistes.*

La Nativité avait laissé Marie confiante et songeuse. Elle ne se souciait de rien. Elle contemplait l'enfant et elle priait. Elle entendait que la Loi fût suivie à la lettre. Et la présentation au Temple était une exigence de la Loi. Elle entra dans ce vacarme. Les marchands, les changeurs, le bétail hurlaient. Le Temple n'était qu'un énorme chantier, on croisait des hommes qui faisaient rouler des blocs de bois précieux, on marchait dans la bouse et la fiente, dans un désordre de plaintes et de vociférations. Marie n'avait qu'un souhait : revoir la pièce qu'elle avait tissée pour le grand rideau. Il n'y avait que cela qui l'intéressait. Peu importait la purification : cet enfant était né sans souillure. Elle avait une certitude désormais : tout était venu de ce rideau. La voix de l'Archange, elle l'avait entendue pendant qu'elle tissait. Oui, tout s'était noué alors que ses doigts entrelaçaient avec dextérité et précaution les fils de pourpre et d'écarlate, c'était alors que le désir de Dieu s'était abattu sur elle et que l'Esprit l'avait fécondée. Elle aurait pu mettre pour la circonstance la robe qu'elle s'était faite avec les restes du fil. Car, là aussi de façon très étrange, le fil, donné par le Grand Prêtre dans les limites d'une portion rituelle, n'avait cessé de proliférer. Courait-elle quelques instants à la fontaine, lorsqu'elle revenait, les écheveaux avaient grossi...

Elle avait donc porté cet enfant et cette épaisseur de mystère. Le gouffre de calcination et de cendre qu'elle avait un instant entrevu — cette béance noire dans l'ordre du monde — s'était dissipé. Cependant la pensée de la mort ne l'abandonnait jamais. Un soir, dans la grotte, alors que tous se pressaient autour de l'enfant, les bergers, le petit peuple des montagnes, les rois venus d'Orient, elle avait eu l'illusion fugace de veiller un mort. Jésus ne respirait plus, enlacé dans ses langes, c'était une idole de cire, une idole momifiée que les étoiles et les anges du ciel célébraient. Et cette pensée atroce l'avait traversée, comme un dard venimeux et igné : cet enfant n'était pas de ce monde, un jour il s'en irait pour remonter au séjour de son père. À ce moment, elle avait fondu en larmes, convulsive et transie, et c'était une chose d'autant plus atroce qu'elle ne pouvait la confier à personne. Quelles que fussent la valeur et la foi de Joseph, cette naissance avait creusé un abîme entre eux. Rien ne serait plus jamais pareil. Plusieurs fois, un ange était apparu à Joseph en songe, un ange qui lui avait révélé l'origine merveilleuse et céleste de l'enfant, un ange qui réapparaissait chaque fois qu'un danger guettait Jésus, un ange qui parlait au nom de YHWH et l'avait prié de bien vouloir veiller sur le fils de Dieu. Pour Joseph, c'était une douleur et une dépossession, et la douleur et la dépossession l'emportaient sur la joie et la grâce. Il ne cessait de se débattre. En un lieu de lui, il était prêt à croire à cette histoire exceptionnelle, et l'épisode du rideau lui avait manifesté les pouvoirs surnaturels de Marie. Mais en un autre lieu, plus courant, plus humain, cette naissance avait réveillé une obscure blessure faite de frustration et de jalousie. À cet instant, tout lui revenait : la solitude claustrale de Marie pendant le temps qu'avait duré le tissage, la fuite permanente qui avait été la sienne pendant toute cette période, et les trois mois prétendument passés chez Élisabeth. Il avait effectué le déplacement en secret. Il s'était caché, il avait attendu une apparition de Marie.

Jamais elle n'était sortie. Il était convaincu qu'Élisabeth lui avait menti.

Ils revenaient au Temple, comme au temps premier de la grâce et de l'accord. Les bergers et les rois d'Orient avaient salué la naissance d'un roi à leur foyer. Et ils arrivaient là comme des parias, sans le sou, des errants condamnés à la clandestinité, des nomades perpétuels. Ils entraient dans cette cohue et ce bruit, eux qui détestaient la foule, les marchands, le tohu-bohu. Ils traversèrent les parvis successifs. Marie n'avait qu'une envie : se rapprocher du Saint des Saints pour revoir le rideau. Derrière reposait l'arche d'Alliance posée sur la pierre de fondation du monde. C'étaient encore des choses très confuses en elle, mais elle nourrissait le désir de présenter l'enfant au rideau de pourpre et d'écarlate et à ce qu'il dissimulait, à ce nom secret aussi qu'une fois l'an on murmurait derrière le rideau, ce nom qui s'était répandu et avait germé dans son corps.

Il y avait à Jérusalem un homme du nom de Syméon. Il avait près de cent ans. On le disait juste et pieux. Il se racontait beaucoup de choses à propos de cet homme qui avait eu une destinée très mystérieuse. Il était de notoriété publique qu'il ne mettait jamais les pieds au Temple parce qu'il haïssait la « clique » qui y avait établi ses quartiers. Il appelait ainsi aussi bien les marchands que les prêtres. On rapportait encore qu'il partait parfois pour le désert. C'était véritablement un ermite qui s'alimentait de façon très frugale, qui ne buvait jamais de vin — à l'exception des quatre coupes du Séder *et encore il ne buvait cette nuit sainte que du vin blanc —, et que l'on voyait presque toujours vêtu de guenilles blanches. Avait-il eu une épouse ? Avait-il eu une famille ? On le disait encore très lié aux Esséniens qui fuyaient la ville — et plus encore le Temple — pour attendre le Messie dans les montagnes, non loin du désert. Avait-il eu, comme certains le prétendaient, des fonctions importantes dans la hiérarchie des Esséniens ? Tout ceci était indémêlable et du registre des conjectures.*

Ce qui surprit, ce fut sa présence au Temple dès que Jésus y fut entré dans les bras de ses parents. Il était là. Il avait franchi le sas des portiques qui, d'ordinaire, le rebutaient. Il portait une tunique de lin blanc, neuve et immaculée. Sa barbe était propre et bouclée. Il s'était placé devant le rideau de pourpre et d'écarlate, colossal, majestueux, tant et si bien qu'il éclipsait tous les autres et qu'on ne voyait que lui. Marie, quand elle s'avança, fut éblouie par le sang du rideau et par le grand veilleur blanc qui l'accueillait, elle n'hésita pas une fraction de seconde et lui remit l'enfant. Syméon tremblait, extatique et halluciné, et entre ses mains c'était comme un lingot de braise. Il portait l'obole si longtemps attendue, le Verbe d'or. Sa carcasse chancelante tremblait, comme si elle eût été traversée par une énergie fabuleuse. Dans la lumière rouge qui glissait le long du rideau, c'était pour lui comme une naissance, une transmutation dans le sang et l'esprit. Alors il dit de façon sonore en rendant grâce :

« Maintenant, Maître, c'est en paix,
comme Tu l'as dit, que Tu renvoies Ton serviteur.
Car mes yeux ont vu Ton salut,

que Tu as préparé face à tous les peuples ;
lumière pour la révélation aux païens
et gloire d'Israël Ton peuple. »

Il bénissait Dieu. Tout tremblotant, il prophétisait. Lorsqu'il avait pris l'enfant, il avait passé sur ses épaules un camail d'or. Il s'adressait à Marie. Cet enfant serait un signe de contradiction, il était venu pour la chute et le relèvement de beaucoup en Israël. Syméon était lumineux et terrible, d'une grande beauté malgré son âge. Il resplendissait. Ce n'était plus un vieillard, c'était une fructification d'étoiles. Il s'approcha de Marie, lui rendit l'enfant : il la fixait de son regard de juge et de prophète.

— Et toi, femme, ne relâche jamais ta vigilance, car ton enfant ne cessera de monter vers la lumière et toi, une épée te transpercera l'âme !

Il s'avança vers les marches. Il vacillait sous le poids de sa prophétie et de son lourd camail incrusté de pierres précieuses. Soudain il trébucha. Et ce fut comme une nuée d'or qui envahit le sanctuaire, une poudre sèche et éclatante, et qui faisait tousser. L'assistance resta pétrifiée. Le vieux Syméon s'était dissipé dans un nuage de feu et d'or.

Il y avait là encore une prophétesse, Anne, fille de Phanuel, originaire de la tribu d'Aser. Lorsqu'elle vit Syméon disparaître dans un nuage d'or, elle se prosterna devant l'enfant. Elle vivait dans le Temple. Elle avait eu une vie difficile après son veuvage, ce qui avait aigri son caractère. Elle était toujours habillée de noir et elle passait le plus clair de son temps à maugréer. La disparition de Syméon et la découverte de l'enfant l'avaient illuminée. Elle exultait.

— Il y a longtemps, dit-elle, que je n'avais senti pareil afflux de vie en moi. Je suis comme une vieille souche qu'irrigue de nouveau la sève.

Puis, en se tournant vers Marie :

— Ô Vierge, tu es heureuse et bénie d'être la mère de mon Seigneur. Mais surtout, je t'en conjure, ne te laisse jamais tenter par l'envie d'être louée pour cela. Car seul l'enfant qui boit à ton sein est digne d'être loué, glorifié et adoré !

Et la prophétesse s'en alla. La route était longue jusqu'à Bethléem, Joseph et Marie étaient fort troublés par les trois heures passées au Temple et ils redoutaient qu'on ne les arrêtât en route. Ils ne déchiffraient pas ce qui venait d'arriver, cet événement mystérieux, ces paroles prophétiques. La nuit tombait, brumeuse et froide. Ils ne connaissaient personne qui pût les accueillir. Ils firent halte dans une auberge dont ils étaient les seuls clients. Ils respiraient. Ils avaient quitté Jérusalem incognito. *Marie alla se coucher avec l'enfant. Joseph rêvassait dans la salle commune lorsque entra un voyageur crépusculaire et tardif. On l'installa, on lui apporta à manger. Tout en soupant, il ne cessait de regarder Joseph.*

— Je te reconnais, dit-il bientôt en l'apostrophant de manière vigoureuse, tu étais au Temple cet après-midi pour y présenter ton fils...

Joseph craignit aussitôt qu'il ne s'agît d'un émissaire d'Hérode.

— Tu te trompes, ce n'est pas moi. Je suis passé au Temple cet après-midi, comme tout Juif. J'étais à Jérusalem pour affaire...

— C'est ce que je dis, tu es le charpentier de Nazareth...

— Pas du tout, rétorqua Joseph, je m'appelle Jude, je viens de Béthanie et je suis paysan...

— Soit..., grommela l'autre.

Puis il interpella l'aubergiste :

— Sers-nous du vin et du meilleur, ta maison abrite l'Oint du Seigneur...

L'aubergiste semblait ne pas comprendre. Le voyageur crépusculaire se tourna vers Joseph :

— Tu boiras avec moi pour fêter ton prodige ?

— Je ne sais pas de quoi tu parles, répondit Joseph. Je suis seul ici, il est tard, j'ai eu une journée très lourde, je vais aller me coucher...

— Tu ne veux pas fêter la naissance de ton fils, c'est donc qu'il n'est pas de toi ?

À cet instant la rage saisit Joseph qui se jeta sur l'autre et le précipita à terre. Il hurlait :

— Laisse-moi en paix, laisse-moi en paix. Occupe-toi de tes affaires, bois ton vin seul, je veux aller dormir...

Joseph écumait. Il était vert, secoué de spasmes. L'autre gisait maintenant, sur la terre battue de la salle commune, muet et ensanglanté. Lorsqu'il se rendit compte de la violence de son geste, Joseph fut terrifié. Il avait tué un émissaire d'Hérode. Ses compagnons auraient tôt fait de le retrouver. Le jeune homme était là, immobile, un filet de sang s'échappait de sa bouche. Il avait une vingtaine d'années. Joseph vérifia que son pouls ne battait plus. L'aubergiste s'était caché, comme s'il n'eût pas souhaité se mêler de cette affaire. Marie devait dormir à l'étage, avec l'enfant. Elle ne descendait pas. Elle n'avait rien entendu. Alors Joseph se pencha sur le beau jeune homme brun. Il pleurait. Il était un tueur d'homme. C'était sa peur, c'était son manque de confiance qui l'avait mené là. Il marcha jusqu'à la fenêtre. Il neigeait. Il resta de longues minutes à regarder la neige. Il errait dans la tristesse et les pleurs. Soudain, il lui sembla entendre du fond de son sanglot une voix qui lui parlait. Il se retourna : le jeune homme brun était attablé, souriant, intact. Il buvait le bon vin qu'avait tiré l'aubergiste.

— Homme de peu de foi, dit-il à l'adresse de Joseph, tu m'as menti, je ne sais ce que tu as voulu cacher. Que tu veuilles protéger cet enfant des griffes d'Hérode est une chose, et je le comprends. Mais tu n'as pas à cacher que ce fils est le Christ, *le sauveur du monde. N'aie pas peur ! Renonce à la mélancolie, à l'acrimonie et à la peur ! Aie confiance ! De ce que je t'ai dit tout à l'heure, je sais ce qui t'a le plus blessé. Mais une charge t'a été confiée, qui te dépasse. Comme elle dépassait Marie lorsque l'Annonce lui fut faite. Abandonne toute peur, toute violence et prends modèle sur elle. Et pour l'heure, approche-toi et viens boire...*

Stupéfait, Joseph s'avança. Il y avait bien une coupe de vin sur la table. Mais elle était unique. Le voyageur crépusculaire avait disparu.

*

ÉVANGILE DE LA MORT DE LA SAINTE MÈRE DE MARIE

Elle mourut dignement, l'hiver finissait, dans la maison de Joseph et Marie. Elle devait souffrir mais elle se taisait. De longues balafres grises creusaient ses joues, elle avait considérablement maigri, ses mots étaient rares, seul son regard n'avait rien perdu de sa lueur native. L'approche de la mort l'érodait en la minéralisant. Elle restait couchée la plupart du temps et elle ressemblait à une divinité sommeilleuse, vigilante encore, attentive à tout ce qui se disait et se passait dans la maison. Une lampe d'argile se consumait auprès d'elle. C'était son seul luxe. Elle eut des visions sans doute dues à la fièvre : elle racontait qu'un feu brûlait à l'intérieur de la maison, un feu qui allait et venait, capricieux, fantasque, mobile, comme une boule de foudre captive. Elle disait encore que ce feu avait forme humaine, qu'il n'arrêtait pas de bondir. Il cernait sa couche mais il ne la brûlait jamais.

On avait interdit à Jésus, Jacques et Simon de s'approcher du lit de leur grand-mère. Sans doute craignait-on que la vue de cette souche noire et noueuse aux yeux fixes et dilatés ne les effrayât à jamais. Et pourtant il y avait à méditer dans l'image de cette vieille femme immobile, résignée, occupée par la seule pensée de l'autre rive. Jésus avait compris que la mort frappait à la porte de la maison. Il inquiéta toute la famille en avouant un soir qu'il avait vu un ange sombre qui rôdait dans l'atelier de Joseph. C'était un ange sombre qui tenait dans ses bras des rouleaux de lin blanc. Bientôt Anne se mit à râler et il s'échappait de ce râle des bribes de paroles : elle ne parlait plus de ce feu qui virevoltait naguère dans la demeure ; ce qui la harcelait désormais, c'était la présence de l'Ange de la mort avec son linceul enroulé...

Jésus sombra dans une mélancolie à laquelle rien ne semblait pouvoir l'arracher. Il s'était juché sur la poutre solitaire qui surplombait l'atelier paternel, pas un mot ne passait le seuil de ses lèvres. Il priait. Il demandait au Seigneur d'emporter Anne à Louz, la ville des immortels. Sur sa poutre, il avait disposé une série d'amandes qu'il caressait en priant. Il en était convaincu : les amandes donnaient l'immortalité. Il fermait les yeux. Il s'allongeait sur sa poutre dans la posture d'un mort. Une jeune fille marchait au bord d'un fleuve. Elle semblait égarée, insouciante et gaie. Un jeune homme arrivait aussitôt et l'invitait à monter dans une barque. Les eaux étaient vives et tumultueuses. Sans penser à mal, elle se cramponnait au corps du jeune homme qui paraissait détester qu'on le touchât. De l'autre côté du fleuve aux eaux rapides se dressait une ville fortifiée, une ville avec des portes d'émeraude et de saphir, des murailles de pierres précieuses et des rues pavées de rubis et de pierres d'Ophir. C'était la ville de l'Élue. Une lumière qui ne faiblissait jamais ruisselait sur les murailles et les pavages. Au centre de la ville, là où l'on attend d'ordinaire une grande place, s'étendait un jardin très vert, une prairie d'un vert lumineux et intense avec une fontaine et une pierre. Un bassin d'eau lustrale et une pierre de sacrifice ou de fondation. Il n'y avait ni agneau, ni sacrificateur. Une horde d'Anciens en manteaux chamarrés. C'était peut-être Louz. C'était la ville de la prairie mystique. Et l'Élue déposait une amande sur la pierre au centre du jardin.

Dans la nuit, les râles d'Anne redoublèrent. Marie veillait sa mère au moment où ses forces ne cessaient de diminuer. Elle avait déjà préparé le siège bas sur lequel elle se tiendrait tout le temps du deuil. Soudain les mains d'Anne se crispèrent, en sueur, décharnées, la plainte s'amplifia, c'était une plainte lugubre, atroce, celle de la vie qui ne parvenait pas à se détacher de cette souche noire et ravagée. Il y avait des jours que ses mots étaient une incompréhensible bouillie, et voici qu'elle articula, ses paroles retrouvèrent le timbre et la netteté qu'elles avaient perdus depuis des mois.

— J'ai vu Jésus, *dit-elle,* oui Jésus, il était là, au-dessus du monde, il était debout dans une amande brisée...

Et elle retomba. Le souffle de vie s'envola dans ces derniers mots.

La coutume voulait que toute l'eau que contenait une maison à l'heure du trépas fût immédiatement jetée dehors parce qu'elle risquait d'être souillée par le poison terrible qui enduisait l'épée de l'Ange de la mort. Elle voulait encore que l'on s'arrêtât sept fois après l'enterrement de manière à égarer les démons. C'est Jésus qui déclara qu'on ne jetterait pas l'eau, qu'on ne voilerait pas les miroirs, qu'on ne respecterait aucune de ces prescriptions rituelles. Tous le regardèrent, interdits. Quoi, cet enfant connaissait à peine ses lettres et il se permettait d'enfreindre les interdits de la communauté ! Joachim et Joseph voulaient impérativement que l'on obéît aux prescriptions. Pour eux, il n'y avait rien de plus sacré que celles du deuil.

Marie fit observer qu'au moment de s'éteindre, le seul nom qu'eût cité Anne était celui de Jésus. Elle rappela simplement que sa mère était morte en voyant Jésus dans une amande brisée, au-dessus du monde. Cela suffit. Toutes les oppositions s'éteignirent.

Anne fut conduite dans la terre de ténèbres et d'ombremort *un jour très gris de cette fin d'hiver. Marie lui avait glissé son miroir dans son linceul. Subrepticement, Jésus avait dissimulé une des amandes de la poutre dans les plis du suaire. La formule rituelle disait qu'Anne serait* ajoutée aux ossements de ses pères. *On monta dans la montagne, pas très loin du banc taillé dans le tuf sur lequel elle aimait s'asseoir pour regarder le paysage. Au passage du corps, les amandiers, les oliviers, les vignes fleurirent. Les jonquilles et les crocus sortirent de terre. Et les orvets aussi.*

La pierre de la tombe avait été roulée. Jésus suivit les hommes qui portaient le cadavre. Le chemin, creusé de marches, sinuait sous les concrétions rocheuses. Il flottait à l'intérieur du sépulcre une odeur de fleurs séchées et de chairs embaumées. C'était comme un vivier d'odeurs fossiles, un empilement de formes blanchâtres et couchées. Ils étaient tous là, les ossements, les crânes, les linceuls rigides et craquelés des pères de la tribu. Anonymes, oubliés, sur leur banc, dans leur alvéole. En remontant vers la sépulture d'Anne qui dormirait dans les profondeurs de la montagne — qui dormirait, car elle était au nombre de ces corps qui ne pourrissent jamais —, Jésus caressait les patriarches et les momies sous les linges...

Au moment où il était entré dans la terre de ténèbres et d'ombremort, *les yeux remplis de l'image des prairies et des vergers qui fleurissaient, il ne s'était trouvé personne pour le retenir. Jésus était entré là comme chez lui.*

4

Quelque chose pousse à l'intérieur de l'atelier, une forme mystérieuse, monstrueuse, inconnue de Jésus. Il s'est placé de l'autre côté de la fenêtre, légèrement en retrait, pour mieux suivre le labeur de Joseph dans le cercle des lampes d'argile. Les flammes vacillent, s'éteignent parfois et leur luminosité capricieuse transforme l'atelier en une caverne remplie de secret et de magie. Jamais la maison ne paraît si énigmatique, si reliée aux profondeurs de la falaise qu'au crépuscule et lorsqu'on regarde la grande salle de l'autre côté de la fenêtre. Nimbé de lumière orange et jaune, les bras nus comme éclaboussés de feu, le charpentier se mue en un magicien terrible, comme grisé par l'*éther de résine*, occupé à dompter une forme qui jaillit de la roche et de la terre.

À l'observer, caché tel un espion ou un voleur, Jésus ne saurait dire s'il taille ou s'il sculpte, ou s'il s'épuise à lutter contre un arbre gigantesque et démoniaque, un tronc des forêts primitives creusé de signes et d'encoches rituelles, un arbre de Sodome et de Babel. Parfois Joseph s'interrompt, s'éponge le front et regarde dans la direction de l'unique croisée. À cet instant, Jésus se plaque contre le mur. Il lui semble que s'il était surpris à épier cette activité secrète entre toutes, la foudre s'abattrait sur lui. Il a bien remarqué que le charpentier attendait toujours que tous soient couchés avant de se livrer à son labeur nocturne.

Les conjectures se bousculent dans l'esprit de Jésus. De quoi peut-il bien s'agir ? Joseph veut-il rivaliser avec Marie qui offrit jadis un rideau pour le Temple ? S'apprête-t-il à entrer dans on ne sait quelle confrérie secrète ? Destine-t-il cet objet sans pareil à la synagogue ? Pour l'heure, il semble qu'il peine, il ne cesse de jurer, de s'éponger le front, la lumière des coupelles d'argile est avare, fatigante, mais il faut absolument laisser à ce travail son caractère illicite et caché.

Les gestes de Joseph déroutent aussi Jésus parce que ce ne sont pas les gestes ordinaires du charpentier. Peut-être cette différence est-elle due à la nature de ce bois chu d'on ne sait quelle planète. Joseph peine et s'applique, et ce spectacle enchante Jésus. Il lui semble qu'il ne pourrait s'endormir s'il n'assistait à cette scène volée. C'est pour lui plus puissant et plus envoûtant qu'une prière. Un homme tente de juguler une forme inconnue, un arbre du Paradis, un arbre de Mal et de Connaissance, un arbre dont les racines plongèrent dans le fleuve qui se ramifie en bras aux noms si beaux. Les lumières des lampes viennent lécher le bois qui paraît massif, indestructible. Un de ces bois qui ne pourrissent jamais, un bois de Temple et d'Arche.

À cette heure, le monde, pour Jésus, se double d'une profondeur de mystère. Il y a les activités normales, *réelles*, celles dont on s'acquitte le jour, et les autres, frauduleuses, magiques, interdites, qu'on accomplit la nuit tombée, alors qu'on imagine la maisonnée fauchée par le sommeil. C'est alors qu'on arrache le bois sacré aux entrailles de la pierre, c'est alors qu'on essaie d'entailler la colonne paradisiaque. Seul, traversé d'une fougue incomparable, à la lueur orange et vibratile des lampes. Et l'on se croit seul, seul avec le bois — et les étoiles. Travaillé par la nostalgie des ziggourats et des tours, des colonnes qui défient le ciel. Hanté par le désir d'un arbre érigé, colossal, tendu entre la pierre de Jérusalem et le firmament, le désir obscène d'une généalogie invincible, ligneuse, dont la souche ne peut être que le sacrifice.

Quand il s'arrête pour reprendre son souffle et s'éponger le front, Joseph rit. Il rit de sa solitude et de sa puissance, et du bon tour qu'il joue aux autres. Une force impie l'anime. Dans la clarté des lampes, il est seul au monde. Seul sous le regard de l'enfant veilleur.

*

L'entrée d'Anne dans la tombe de la montagne laissa Jésus seul et sans voix. Il découvrait le deuil, une mère muette, les vêtements déchirés, le visage taché de cendre, prostrée sur son tabouret bas dans la pièce commune. Il semblait qu'elle ne pût rien dire, rien faire, si ce n'est errer par la rêverie dans les ténèbres profondes du *Shéol*. La maison paraissait dévastée après le passage de l'Ange de la mort. Jésus voyait Joachim et Joseph toucher les objets après avoir prononcé une brève incantation. La terreur que des gouttes du poison mortel qui enduisait l'épée de l'Ange se fussent répandues sur le sol, sur les instruments de la vie quotidienne, ne quittait plus les habitants de la maison.

La mort d'Anne avait creusé une brèche irréparable dans un univers que Jésus estimait jusque-là solide et plein. La mort avait révélé cette fêlure et ce manque. Non seulement l'homme était un nomade mais son séjour sur la terre n'était qu'un passage. Et où que se portât le regard de Jésus, il ne voyait que cette limite, cette fêlure, l'inscription de cette finitude. Les choses jusque-là lui avaient semblé lisses, rondes, garnies, et voici qu'il prenait conscience de ce creux et de cette brisure. La tombe avec ses linceuls couchés dominait le village. C'était là l'entrée du *Shéol*, avec la poussière, la confrérie des spectres, la menace d'une succion, d'une terre creusée comme un puits.

Il s'asseyait sur un rocher, non loin du chemin qui menait aux sépultures, et il jouait avec un lézard qui lui rendait visite. Il fuyait la compagnie de ses camarades, de ses frères, des siens. Il préférait celle des cigales et des grillons. C'était dans ses moments de solitude qu'il pouvait vagabonder dans les sinuosités de sa rêverie macabre. Le lézard se coulait dans sa paume, calme, parfaitement apprivoisé. Jésus se minéralisait dans le soleil printanier. Il s'amusait à maîtriser sa respiration, il entendait devenir aussi sec et froid que le lézard.

Une fois encore, il songeait à Louz, la ville dont il aurait voulu être le roi. À Louz, personne ne mourait. Ceux qui voulaient s'enfoncer dans les profondeurs du *Shéol*, il fallait les placer à l'extérieur des murailles si l'on voulait exaucer leur souhait. De toutes ses fibres qui se durcissaient dans le soleil, il se révoltait contre l'injustice de la mort. Il revivait ces moments de complicité pure avec Anne lorsqu'ils s'installaient sur le petit banc de tuf pour regarder Nazareth et ses environs. C'était hier. C'était dans un monde de grâce qui échappait au temps. Puis il y avait eu cette attaque qui avait foudroyé la vieille femme, Anne hagarde, titubant sur le chemin du retour, s'appuyant sur son petit-fils pour avancer, ne sachant plus trop où elle habitait. Ils étaient rentrés avec beaucoup de difficulté, la vieille femme s'était couchée et elle s'était mise à râler. C'était un jour d'automne doré, glorieux, avec un ciel très bleu rempli de caravanes de migrateurs. C'était le dernier rire du monde avant cette hibernation, avant ce râle qui ne cesserait plus, ce râle qui était devenu un nouvel habitant de la maison.

Une mue s'opérait en Jésus, plus décisive et plus violente que celle qui lui avait été imposée le jour où on lui avait arraché ce petit bout de peau au bout du sexe. Et ce jour-là, pourtant, le *Mohel* l'avait mis sur la voie du manque. C'était un monde étrange où l'on vous dénudait le sexe, où les êtres vénérés étaient avalés par les profondeurs de la montagne pour être *ajoutés aux ossements de leurs pères*. Un monde comme une charpente nue et dure, un monde à l'image de la langue telle qu'on la découvrait à l'école du maître Hillel, sombre, compacte, austère, sans voyelles. On ne traçait pas les voyelles. On sectionnait les prépuces. On condamnait à la disparition les patriarches adorés. C'était à Louz qu'on devait être bien. À Louz, les garçons n'avaient pas le sexe dénudé, les voyelles et les vieillards prospéraient. À Louz, la mort n'avait pas de prise, ni la circoncision, ni l'interdit des voyelles. Il n'y avait ni coupure, ni élision, ni finitude, ni manque. Il y avait la vie, pleine, dorée, glorieuse comme cette lumière d'automne qui avait foudroyé Anne.

Le lézard aussi était immortel, Jésus en était convaincu. Il n'aurait pas à rentrer dans un logis où tout n'était que silence, cendre, sanglots retenus et yeux rougis. Il n'aurait pas à affronter cette collection de spectres noirs, brûlés après le passage de l'Ange de la mort. Jésus ne voulait plus rentrer chez lui. Il resterait là, dans les rochers, malgré la température qui faiblissait, tant que le lézard d'immortalité n'aurait pas manifesté l'envie de s'en aller. Il resterait là, blotti, avec le seul compagnon qu'il eût sur terre, le seul que sa cuirasse et son pouvoir de traverser les flammes missent à l'abri de la circoncision, de la langue dépecée et de la mort.

La célébration de *Pourim* viendrait mettre un terme provisoire à ce temps de deuil. Parce qu'on ne sortait jamais vraiment du deuil, on vivait avec une mémoire qui était un tombereau de spectres. On allait avec un ancrage qui vous ramenait du côté du *Shéol*. *Pourim*, c'était la fête des déguisements et des masques. Au 14 *Adar*, tout était permis. On buvait. Les hommes se déguisaient en femmes et vice versa. Après le jeûne, on entrait dans l'ivresse printanière. La légende de cette fête provenait du livre d'Esther, cette reine qui avait mis ses jours en danger pour sauver son peuple menacé d'extermination. Elle avait su inverser un cours funeste alors que le peuple vivait déjà dans l'idée de son propre sacrifice. Et les Juifs sauvés par l'acte salvateur d'Esther avaient alors mis à mort ceux qui avaient comploté contre eux, et tout particulièrement Aman qui avait organisé leur extermination : Aman avait ainsi été pendu au poteau qu'il avait lui-même fait dresser pour Mardochée, le père adoptif d'Esther.

À la synagogue, le rite voulait qu'on lût l'histoire d'Esther dans la *Méguilat Esther*, un texte entièrement écrit avec un roseau sur un rouleau de parchemin. C'était surtout, dans les familles, l'occasion de s'amuser et de se déguiser. À Nazareth, la fête était célébrée le plus fidèlement du monde et l'on allait même jusqu'à dresser sur la place, non loin de la synagogue, une potence et un trône. Dans le chahut et la liesse, deux personnages étaient conduits, l'un ligoté, l'autre en gloire, au cri de « Maudit soit Aman » et « Béni soit Mardochée ». Souvent l'ivresse et le délire étaient tels que les cris se confondaient.

Longtemps cette fête avait décontenancé Jésus qui ne semblait pas comprendre le plaisir qu'y trouvaient son grand-père et son père. Marie, aussi, avait coutume de rester en lisière. Cette année-là, on vit Jésus s'activer aux préparatifs de la fête. Il complota beaucoup avec son frère Jacques. La tradition voulait qu'on s'habillât en cachette — après avoir fouillé tous les trésors enfouis des maisons, mais certaines, et c'était le cas chez Joseph et Marie, possédaient même une réserve que l'on appelait le coffre de *Pourim* — avant de descendre au village. Il fallait que le principe du secret du déguisement fût impérativement respecté. Ce n'était qu'après, la fête terminée, que commencerait le jeu des investigations et des supputations.

Marie appela Jésus en secret. Elle voulait lui montrer le somptueux costume qu'elle avait préparé pour lui, un manteau de lin blanc et de pourpre violette attaché par des cordons de byssus et de pourpre rouge. C'était une splendeur qu'elle avait confectionnée, dans l'ombre, loin des regards de tous. Jésus fut séduit et enfila immédiatement le costume. Marie le couvait des yeux. Il était d'une beauté sans pareille. Il serait le plus beau. Il serait le roi de *Pourim.* Marie en était convaincue, c'est à lui qu'on offrirait le cheval d'Aman, c'est lui qui serait promené comme Mardochée avant d'être porté sur le trône. Jésus évoluait dans sa tenue royale. Marie, silencieuse, regardait son fils. Elle le faisait avec une avidité qui lui dilatait le cœur. Et tout en le regardant, elle songeait aux dernières paroles de sa mère qui était morte en voyant Jésus dressé sur le monde dans une amande brisée. Elle avait réalisé ce costume en pensant à cette vision d'Anne, retrouvant l'ardeur qui l'avait poussée lorsqu'elle tissait le rideau du Temple. Le roi de gloire, le juge des vivants et des morts, le fils du Père céleste, c'était pour lui qu'elle avait fabriqué des nuits durant cette tenue magnifique.

Puis elle maquilla Jésus de façon qu'il fût méconnaissable. Il voulait un masque lunaire. Elle ne rêvait que de feu et de soleil.

— Tu verras, disait-elle tout en étalant les couleurs, ils te porteront sur le trône. Cette année, c'est toi qui seras Mardochée...

Jésus semblait indifférent. Pensait-il de nouveau au

Shéol et au lézard d'immortalité ? Quand Marie eut fini d'appliquer ses couleurs et ses pâtes odorantes, il s'enfuit en tenue de roi.

La fête battait son plein. La foule déferlait dans les ruelles. Marie avait revêtu une simple pèlerine noire et un voile qui lui cachait le visage. Elle était encore en deuil. Elle ne voulait pas donner l'image d'une fille oublieuse et indigne. Non loin de la fontaine, exceptionnellement désertée ce soir-là, elle croisa un homme à l'allure de vieillard. Elle crut reconnaître le maître Hillel. Elle le salua sans le nommer : personne n'avait plus d'identité. Elle se mêla à la foule. Des femmes l'entouraient, maniérées, excessivement maquillées. C'étaient en fait des hommes. Elle les reconnaissait. Elle les identifiait sans difficulté. Elle s'étonna de ce pouvoir qu'elle avait soudain : en effet, quel que fût le déguisement, quelle que fût la complexité savante du maquillage, elle savait tout de suite de qui il s'agissait.

Les enfants portaient surtout des masques colorés, grimaçants. Elle arriva sur la place. La potence et le trône étaient installés. Le malheureux qui serait ligoté au poteau de torture serait couvert d'injures et de crachats — c'était la règle —, tandis que le roi recevrait vivats et acclamations. Il y eut soudain une houle de cris qui s'enfla : le cheval arrivait au galop avec pour cavalier une figure somptueusement colorée. Marie sentit un afflux de sang qui bondissait en elle, mais sa joie s'estompa vite : c'était certes le costume qu'elle avait confectionné mais la figure que portait le cheval n'était pas Jésus. Où pouvait-il bien être ? À qui avait-il laissé son costume ?

Affolée, elle s'approcha : elle voulait être le plus près possible du trône, parmi ceux qui acclameraient le roi. La foule criait : « Béni soit Mardochée ! » Marie sursauta : c'était Jacques qui portait le costume du roi de gloire. Sous le maquillage doré, c'étaient bien les traits de son deuxième fils qui se dessinaient. Elle ne comprenait pas. Elle ne comprenait pas pourquoi Jésus avait renoncé à un rôle qui semblait l'enthousiasmer quelques heures avant. Elle devait manifester des signes d'angoisse, toujours est-il que le vieillard de la fontaine — celui qu'elle prenait pour le maître Hillel — s'approcha d'elle.

— Vous cherchez Jésus ? Le voici, souffla-t-il.

Les vociférations de la foule accompagnaient l'arrivée du proscrit, l'arrivée du maudit Aman. Et le costume de celui qui entrait sous les huées d'un peuple hostile et déchaîné était l'exacte réplique de celui du roi, mais déchiré, lacéré, loqueteux et boueux. On ligota Aman à sa potence. La poussière, les fruits et les œufs pourris pleuvaient. La foule s'acharnait sur le proscrit, la clameur montait, haineuse et violente. Était-ce la beauté du costume qui l'excitait ? Se prenait-elle pour la communauté rescapée du livre d'Esther, sanguinaire, remplie de hargne, enivrée à la vue des cordons de pourpre et de byssus gisant dans la saleté ? La haine de la foule était telle qu'elle en avait oublié le roi. Personne ne se souciait plus de Mardochée sur son trône. Aman, épuisé, était tombé à terre. Le peuple exultait :

— Salaud ! Maudit Aman ! Qu'il crève ! Et que crèvent tous ceux qui en veulent aux Juifs !

Il était étrange qu'au lieu de fêter celui qu'elle avait placé sur le trône, la foule eût concentré sa folie dévastatrice sur ce roi inverse au costume déchiré. L'eût-elle vu en guenilles de bure, sa rage eût sans doute été moindre. Elle n'avait pas supporté l'équivalence. Elle n'avait pas supporté qu'Aman osât apparaître en tenue royale, fût-elle déchirée. Et le roi sur son trône était impuissant à calmer la furie de la foule.

— Qu'est-il allé se mettre dans cette galère, ils vont le tuer, glissa le maître Hillel à Marie. Il faut faire quelque chose...

— Laissez, dit Marie, laissez, ce n'est qu'un jeu...

Les plus aventureux s'étaient précipités sur Jésus et l'avaient déshabillé. C'étaient des chiens, des lions, des taureaux de Basan. Et voici qu'ils mettaient aux enchères les lambeaux du costume royal.

Marie s'était enfuie, émue aux larmes. Elle savait bien que tout cela n'était qu'un *simulacre* réglé par la partition de *Pourim*. Un *simulacre,* et tellement plus... Et sur le chemin du retour, après avoir abandonné une fête qui ne l'intéressait plus, elle pleura, remuée par le choix de Jésus d'ordinaire si distant, si *royal*, Jésus qui avait laissé le trône à son frère, lui préférant, sans que personne ne lui eût rien demandé, la figure et la place de celui que la foule haineuse rêvait de retrancher du monde des vivants, pas celles d'Aman, pas celles de l'exterminateur conspué — celles du Roi dépossédé, du Serviteur souffrant.

*

Souvent, la nuit, il s'échappait de la maison et il gagnait les hauteurs du village. Il traînait du côté du cimetière, des pierres roulées devant les sépultures. Il songeait à sa grand-mère, à cette gisante qu'il avait vue dépérir auprès d'une lampe d'argile. La nuit, il allait délivré de toute entrave, de toute attache terrestre. Il marchait dans la seule compagnie des étoiles et des oiseaux nocturnes. Des grappes de chauves-souris pendaient aux branches. On entendait comme des stridulations, de minuscules couinements. Jésus aimait cette intensité secrète de la nature, ces bruits qui devenaient perceptibles lorsque la vie humaine refluait. Il imaginait aussitôt des feux follets, les esprits des corps qui se décomposaient, la cour cachée et maléfique de l'Ange de la mort. Il allait sur le toit du monde baigné de la lumière de son astre favori et il était le roi de Louz.

Le chemin était abrupt, rocailleux. Jésus attendait de trouver l'amandier creux qui lui permettrait de descendre chez lui. Joachim s'était trompé : Louz n'était pas aux confins d'Israël comme il le prétendait, Louz était à quelques pas de Nazareth ; le vieil amandier creux se dressait non loin du cimetière et Jésus s'introduisait avec délectation dans son fût.

Dans la ville, il régnait une musique éternelle. À Louz, la fête n'avait pas de fin. C'étaient des jeux, des rires, des cavalcades, des festins aux mets innombrables et raffinés. Un cheval tout caparaçonné d'or et de feu parcourait la grande rue de la cité souterraine et s'inclinait devant Jésus dès qu'il le voyait. À Louz, en effet, c'était tous les jours *Pourim* et, à Louz, Jésus choisissait le trône. Les vieillards qui avaient traversé le temps sans lésion et sans marque, les vivants vêtus de lin blanc entouraient leur roi. Des nuées d'encens flottaient et les vivants agitaient des palmes, des brassées de buis, de myrte et de laurier. Jésus s'installait sur son trône. Sept lampadaires brûlaient à ses pieds. Rituellement Jésus attendait que l'on fît venir les arpenteurs, douze jeunes gens vigoureux, et il leur posait toujours les mêmes questions :

— Quelle est la forme de la ville ? demandait-il d'abord.

— Quadrangulaire, répondait le chœur des arpenteurs.

— Quelle est la longueur de sa muraille ?

— Cent quarante-quatre coudées, mesure d'homme, c'est-à-dire d'ange.

— Et quel est le matériau de la muraille de Louz ?

— Le matériau est le jaspe et la ville est d'or pur, répondait l'assemblée des arpenteurs.

— De quelle matière sont les assises de la muraille ? demandait encore Jésus.

— Elles sont parées de pierres précieuses. La première est de jaspe, la deuxième de saphir, la troisième de calcédoine, la quatrième d'émeraude, la cinquième de sardonyx, la sixième de sardoine, la septième de chrysolite, la huitième de béryl, la neuvième de topaze, la dixième de chrysoprase, la onzième de hyacinthe, la douzième d'améthyste.

— Je vous crois sur parole, disait alors le roi de Louz. Et moi qui suis-je ?

— Tu es l'A et l'Ω, répondait le chœur des arpenteurs.

— Je ne suis pas des lettres, tonnait Jésus. Disparaissez de mon regard, ici il n'y a pas de mort, donc pas de lettres qui en sont le signe, je ne veux plus vous voir !

Il poussait un cri qui réveillait la maisonnée. Il était haletant, en sueur. Marie se précipitait pour l'apaiser. Elle lui caressait longuement le front et les mains. Elle l'embrassait. Lorsqu'elle l'interrogeait sur la teneur du cauchemar et qu'il lui répondait en parlant des arpenteurs de Louz, elle ne comprenait pas. Jésus restait de longues minutes ailleurs, hébété, comme en transe. L'angoisse prenait Marie dans son cerceau de feu : elle était convaincue que cet enfant ne vieillirait pas.

Un matin, au sortir d'une de ces nuits de cauchemar, elle trouva dans la couche de son fils une balafre blanche et visqueuse. Le visage de Marie se rembrunit.

— Tu iras te plonger dans le *Miqvé*, dit-elle aussitôt à Jésus.

Le *Miqvé*, c'était la piscine de la purification qui se trouvait juste à côté de la synagogue. Le bassin devait contenir au moins sept cent cinquante litres d'eau. C'étaient surtout les femmes qui y descendaient à la veille de leur mariage ou après leurs règles ou une naissance. Jésus se plia aux exigences de sa mère sans trop savoir de quoi on voulait le purifier. Il pensait même qu'on voulait le punir du bruit qu'il faisait en claquant la porte en rentrant de Louz. À moins qu'on ne lui eût toujours pas pardonné d'avoir choisi la potence le jour de *Pourim*.

Il laissa ses vêtements au haut des marches et descendit nu dans la crypte de pierre ocre. Son sexe gras et comme huilé lui battait les cuisses. Sur la roche, en descendant, il crut deviner des inscriptions, des motifs, des membres circoncis, des lettres sans voyelles. L'eau lui sembla d'un vert épais, lourde d'algues. Il eut peur. Il ne voulait plus s'aventurer dans ce bassin glauque et glacé. Il n'avait commis aucun forfait. Il n'avait pas à être purifié.

La piscine ne devait pas être très profonde et, pourtant, on n'en voyait pas le fond. Jésus plongea un pied : l'eau était vraiment très froide. Il rebroussa chemin. À cet instant, une voix mâle retentit sous la voûte :

— Redescends et disparais sous l'eau !

Jésus sursauta. Qui était-ce ? Le rabbin, le maître Hillel qui enseignait à l'école qui dépendait de la synagogue, Joseph ? Certain d'avoir identifié la voix, Jésus allait se rebeller lorsqu'il se mit à rire : son lézard d'or et d'immortalité, son compagnon des heures de cuisson minérale, l'attendait sous l'eau. Alors, sans la moindre hésitation, il plongea pour le rejoindre.

*

Marie attendait un nouvel enfant. Elle implorait Dieu pour que ce fût une fille. Elle n'avait pas trente ans et ce serait son quatrième enfant. Lorsque Jésus rentra de ses cours chez le maître Hillel, elle était immobile et songeuse.

— À quoi penses-tu quand tu te tais ainsi ? demanda Jésus.

— Je pense à des moments de ma vie. Je revis ta naissance, notre fuite au pays de Pharaon, notre installation à Nazareth.

— Mais à quoi pensais-tu vraiment lorsque je suis entré ?

— Lorsque tu es entré, je me souvenais de la venue des rois d'Orient qui s'étaient mis en route uniquement pour te saluer...

— C'est quoi cette histoire de rois d'Orient ? demanda Jésus.

Marie l'invita alors à venir s'asseoir auprès d'elle. Elle affectionnait ce siège à dossier haut et dur que lui avait fabriqué Joseph. Jésus prit un tabouret et s'installa tout près de Marie. Il lui semblait que sa mère ne vieillissait pas, qu'elle était aussi belle que les jeunes filles qui passaient leurs journées à jacasser autour de la fontaine.

La famille était encore dans l'étable de Bethléem lorsque, un soir, on avait annoncé l'arrivée de rois ou de mages venus d'Orient. La rumeur disait qu'ils venaient d'Inde, d'Arabie et de Perse. Et bien qu'ils fussent d'origine très différente, ils avaient ce point en commun de vénérer une étoile, une étoile qui était pour eux la source du monde, une étoile qui avait cessé de briller au moment de la naissance de Jésus. Et ils s'étaient mis en route lorsque des sorciers habitués à lire dans le ciel leur avaient dit que leur étoile s'était éteinte parce qu'une autre venait de naître, une autre qui avait forme humaine et gisait pour l'instant dans une mangeoire remplie de paille. Ils avaient tout abandonné, leurs palais, leurs richesses, leur pouvoir, leurs femmes. Afin qu'ils puissent se repérer, les sorciers leur avaient indiqué une nouvelle étoile qui n'était que le reflet de celle qui était couchée dans la mangeoire. Ils avaient simplement pris dans leurs bagages de quoi honorer l'étoile. Le premier, Gaspard, avait pris de l'or ; le deuxième, Melchior, de l'encens, et le troisième, Balthazar, de la myrrhe. Ils arrivaient en frappant le sol, en soulevant la poussière du désert. Ils se fiaient à la parole des sorciers et suivaient la direction de l'étoile. Ils venaient honorer une étoile plus vive et plus lumineuse que celle qu'ils adoraient depuis des années.

Les conditions de leur voyage se compliquèrent. La neige avait succédé au sable du désert. Les hommes d'Hérode les guettaient. On les arrêta. On les mena devant le roi qui était fou de naissance. Il voulait savoir où ils se rendaient. Il savait que venait de naître un enfant qui menaçait son pouvoir. Ils ne se comprenaient pas. Hérode parlait d'un enfant. Les rois répondaient en évoquant une étoile. Hérode crut qu'on se moquait de lui. Il les menaça, puis il les libéra en demandant à ses hommes de les suivre.

À Bethléem, ils cherchèrent un palais ou un sanctuaire. Des bergers les conduisirent jusqu'à une étable creusée dans la roche, une étable avec ses réserves de paille et de foin, ses râteliers et ses mangeoires. Ils étaient effarés. Ils ne comprenaient pas. Ils n'avaient jamais visité les écuries de leurs palais. Ils demandèrent l'étoile. Soudain, ils tombèrent à genoux, ils pleuraient, ils retrouvaient dans une auge remplie de paille le feu et l'éclat de l'étoile qu'ils avaient toujours adorée. Et ils se disaient que cette étoile n'avait été qu'une *figure* et que, comme toutes les figures, elle était promise à la dissolution sidérale. Ils étaient là, dans cette étable dont la porte battait sur une nuit parsemée d'astres et de poussière d'astres, sous l'haleine chaude des animaux qui veillaient l'enfant. Ils étaient là parmi les bergers et les simples, étrangers par la langue et la vêture, et les cadeaux qu'ils avaient déposés au pied de la mangeoire faisaient qu'on les regardait comme des puissants. Que leur étoile eût pris forme humaine — et la forme d'un pauvre, tristement emmailloté et couché dans l'auge des bêtes — ne semblait ni les gêner, ni les surprendre. Par leur origine, ils étaient habitués aux sortilèges, aux fastes des contes, aux merveilles, aux tapis qui volent — aux étoiles qui s'incarnent. Ils avaient pris place parmi les adorateurs de l'enfant, parmi les bergers, la famille, les curieux, et ils veillaient un feu qui bientôt illuminerait tout le ciel. Car ils ne sauraient douter de la croissance de ce feu. Ils vénéraient une étoile plus vieille que le monde, une étoile qui avait *hic et nunc* forme humaine, une étoile qui serait roi, prêtre et prophète, et le jour venu redeviendrait étoile.

Ils avaient demandé une faveur à Marie : qu'elle leur remît un fragment des langes qui entouraient le corps de l'enfant. Et Marie, subjuguée par la munificence de leurs dons, leur avait coupé, en rougissant, un morceau de lin rugueux qui sentait la paille et les bêtes. Ils s'étaient alors prosternés devant elle, ne sachant comment la remercier. Et ils avaient eu des visions. L'un voyait l'enfant assis sur un trône de gloire, le deuxième porté par une armée innombrable qui l'adorait prosternée ; quant au troisième sa vision était plus lugubre puisqu'il avait entrevu, dans un déluge de flammes, l'enfant qui sortait des enfers après un effroyable supplice. Puis ils étaient partis avec le précieux lange...

Et ils l'avaient caché. Les hommes d'Hérode les avaient arrêtés, fouillés. Ils venaient d'incendier la grotte qu'ils avaient trouvée vide. Ils voulaient savoir ce qu'étaient devenues les offrandes. Les mages avaient ri. Seule comptait pour eux la relique que Marie leur avait confiée. Ils se proposaient d'édifier dans leur lointain Orient un sanctuaire où ils vénéreraient le linge qui avait contenu le corps immortel et lumineux de leur étoile.

Cette histoire laissa Jésus perplexe. Et lui, d'ordinaire si curieux, il se tut. Il venait d'entendre une *légende* qui l'avait charmé et Marie y avait mis tout son talent de conteuse. C'était comme l'histoire de l'Égypte, du rideau du Temple ou du vieillard centenaire qui s'était atomisé en une nuée d'or. Cette histoire concernait quelqu'un d'autre, très en amont de lui. Un enfant stellaire qu'il ne se souvenait pas d'avoir été.

Soudain Marie reprit le récit :

— Il paraît qu'il y en avait un quatrième qui s'est mis en route trop tard. Il s'est perdu. Il avait un beau nom pourtant... Il s'appelait Taor... Je crois qu'il nous recherche toujours...

*

La nuit tombait dans la salle basse, simplement éclairée de ses lampes d'argile. Comme toujours, Joseph distribuait les plats. Il apporta les poissons grillés sur une plaque et les déposa sur la table. Il servit Joachim et Marie. La part des enfants, tant que l'on considérait qu'ils n'avaient pas atteint l'âge d'homme, était rituellement prélevée sur celle de leur mère.

— Comment se peut-il que tu m'oublies ? dit Jésus, rageur, à l'adresse de Joseph.

— J'ai servi ta mère, répondit le charpentier, elle a soin de toi, elle va te servir...

— Je n'en doute pas, répliqua Jésus, mais il aurait été heureux que dans le service tu n'oublies pas ton Seigneur...

Joseph demeurait interloqué. Jésus s'était levé, comme pour le festin du *Séder* :

— Te souviens-tu de Melkisédeq ? As-tu oublié qu'Abraham lui donnait la dîme de tout ce qu'il avait et qu'il se prosternait devant lui ?

Dès qu'elle avait entendu le nom de Melkisédeq, Marie avait sursauté.

— Oui, continua Jésus, as-tu oublié que Melkisédeq était roi de Salem ? Eh bien, je suis Melkisédeq et tu me dois la dîme de tes biens, comme Abraham.

Il fulminait :

— Pourquoi tardes-tu à me donner la dixième part de ce poisson et pourquoi la proposes-tu à ma mère au lieu de me l'offrir ? Sais-tu qui a créé les poissons et la mer, Marie ou moi le roi de Salem ?

Les propos de Jésus avaient jeté le trouble. Et la consternation. Joseph s'était tourné vers Marie, pensant qu'elle demanderait à Jésus de se taire. Mais rien ne l'arrêterait :

— Oui, poursuivait Jésus, celui qui, pensant me donner quelque chose, en garde une partie pour lui, celui-là ne me connaît pas...

Joseph, attendant une réaction de Marie, préleva alors une large part qu'il offrit à Jésus. Lorsqu'il vit cette copieuse portion de poisson grillé, Jésus la donna aussitôt à sa mère, en disant :

— Le jour viendra où ma mère sera infiniment plus célébrée que moi. Femme, voici ta part. C'est une entorse à l'ordre de Melkisédeq, mais c'est un plaisir pour moi...

Joseph, totalement désemparé, ne savait plus ce qu'il fallait penser. À cet instant, le grand-père, dont le veuvage ajoutait à la sacralité, intervint :

— Jésus, si tu es Melkisédeq, le roi de Salem, ou si tu es simplement prêtre à la façon de Melkisédeq, tu es le maître du pain et du vin. Montre-le-nous...

— Homme de peu de foi, hurla Jésus. Mon temps n'est pas encore venu !

Cette fois, c'en était trop. Cette ultime prophétie fut reçue comme une impertinence qu'on ne saurait admettre et Jésus fut chassé de la table familiale. Il s'enfuit, sans manger, trop heureux de courir sur la montagne retrouver son lézard.

II

5

Vers l'âge de dix ans, Jésus avait commencé à travailler avec son père. Il l'avait regardé des heures, le soir, quand toutes les autres tâches étaient accomplies, préparer ce que Joseph appelait mystérieusement son *chef-d'œuvre*. Il avait regardé croître cet objet magique, avec ses montants qui se croisaient, ses vrilles, cette torsade indéfinissable. Posté sur cette poutre qu'il affectionnait ou caché dehors, sans que le père eût conscience d'être épié, et alors qu'on le croyait couché, il observait la sciure qui giclait, le bois nu, les coulures de sève, les entailles du rabot, la naissance des tenons. Comme son père, il serait *fendeur de bois*. Certes, il était né dans une étable, dans la paille, le foin, la bouse et le purin, mais depuis son installation à Nazareth, depuis qu'il s'était établi dans la maison du charpentier, il vivait exclusivement sous le signe du bois.

Il allait encore à l'école où il apprenait avec une aisance déconcertante, mais dès qu'il pouvait le retenir à la maison pour travailler en sa compagnie, Joseph n'hésitait pas. Il répétait jusqu'à l'obsession ce proverbe rabbinique selon lequel « qui n'enseigne pas un métier à son fils lui apprend le vol ». Jésus aimait l'univers de l'atelier et, à dix ans, il savait déjà équarrir des poutres qui servaient à soutenir les terrasses. Il savait aussi fabriquer des jougs et des flèches d'attelage, et même quelques sièges de facture très rudimentaire. Le jour, dans l'atelier, le chef-d'œuvre caché avait disparu sous une épaisse couverture pourpre. Il était dit qu'il ne fallait pas que les visiteurs ou les voisins vissent l'œuvre que Joseph destinait peut-être au Temple. Toujours est-il que Jésus avait imaginé que Joseph offrirait son grand *Taw* de bois — car l'œuvre du père évoquait incontestablement pour lui l'ultime lettre de l'alphabet — à la synagogue ou au Temple à l'occasion de sa *Bar-Mitsva*, cette fête qui marquerait ses treize ans et son accession à la majorité religieuse, cette fête qui ferait de lui un « fils du commandement ».

Avec Jacques, son cadet de trois ans, il menait paître les moutons. La famille possédait une petite propriété un peu à l'écart de Nazareth. Le sol était rocailleux et peu fertile. Un ruisseau bordait le champ. Une des occupations favorites des enfants consistait à confectionner de petites hélices en sureau qui se transformaient en roues de moulin dans l'eau rare du ruisseau. Ils avaient donné à cette propriété le nom d'un rabbin que citait toujours le maître Hillel : *Schammai*. Ils étaient seuls à connaître cette dénomination que tous ignoraient. Parfois, à table, la seule profération de ce nom les faisait éclater de rire. Ils s'attiraient immanquablement le regard noir et la foudre de Joseph.

À Schammai, la vie était belle. Les moutons broutaient sans surveillance. Les chèvres s'étaient perchées dans l'enfourchure noueuse des oliviers. Jésus et Jacques jouaient au bord de l'eau. Au printemps, le ruisseau se gonflait : alors les enfants pouvaient plonger nus dans l'écume glacée. Ils perdaient de vue les moutons qui s'égaraient dans d'autres pâturages. Ils n'en avaient cure. Ils hurlaient, bondissant parmi les poissons et les roches. Des galets lisses et blancs, et aussi des pierres acérées et plus dures garnissaient le lit du torrent. Il leur arrivait de se blesser sur ces éperons cachés. Ils s'étendaient au premier soleil, inertes, comme morts. Ils se passaient des herbes, des aromates sur leurs plaies. À force de promenades et d'observations, Jésus avait engrangé un savoir extraordinaire : c'est ainsi qu'il connaissait une grande diversité de plantes et leurs vertus.

Un jour de printemps, avec Jacques encore et quelques amis de leur âge, Jésus décida de construire un bassin. Les enfants allèrent chercher des pierres dans le torrent pendant que d'autres creusaient une dérivation qui permettrait d'alimenter la cuvette. Sous la conduite de Jésus, on se lança dans des travaux de maçonnerie. Les pierres des bords furent scellées dans de l'argile que l'on pétrit. Lorsque les digues parurent suffisamment résistantes, on laissa venir l'eau. L'étang artificiel, qui était situé légèrement en contrebas, se remplit sans problème. On était au printemps, le courant était encore assez vif. Les enfants s'étaient placés tout à côté des digues et ils regardaient l'eau bouillonnante qui sourdait du bief. Lorsque le premier bassin fut rempli, Jésus déclara qu'il fallait en édifier d'autres, plus petits, en annexe. Il exerçait une autorité telle que tous s'exécutaient sans réticence.

Il s'écarta. Il y avait toujours un instant où il lui fallait s'écarter. Brusquement le bruit et la compagnie des autres le lassaient. Il voulait méditer seul. Il voulait rêver. Il fermait les yeux et se redisait les légendes de la famille, celle du Passage à travers les eaux de la mer des Joncs, celle de la venue des rois d'Orient et du rideau tissé par Marie, celle de la mort du vieillard Syméon dans une poudre d'or. Il ne savait plus dans quel ordre elles lui avaient été dites. D'ailleurs, cet ordre n'avait aucune importance. Seul comptait le fait qu'elles eussent été dites à un enfant qui ne cessait d'interroger le mystère de sa différence et de son origine. Il rêvait. Il passait les vagues de la mer des Joncs. Le vieillard se déchirait devant lui comme une momie gonflée de bourre et de vermine. Il rêvait et il croyait entendre le bruit des outils de son père, le râle d'Anne aussi qui agonisait. Il entendait ce souffle qui s'exténuait. Dans son imagination la mort de sa grand-mère était inexplicablement liée à la réalisation du chef-d'œuvre de Joseph, ce croisillon propitiatoire.

Un peu à l'écart des autres, assis sur la digue, il s'était mis à malaxer de l'argile. Il le faisait avec méthode et recueillement. Il façonna ainsi douze passereaux qu'il disposa trois par trois de chaque côté autour du grand bassin. Survint, au moment où Jésus plaçait le dernier de ses oiseaux, Hanan, le fils d'un Juif très religieux. Dès qu'il aperçut les passereaux d'argile, son visage s'empourpra et il se mit à crier :

— Mais tu es fou ! Tu fais des figures avec de l'argile alors que c'est *Chabbat* !

Et il se précipita sur la digue qu'il éventra à coups de pied. Jésus frappa dans ses mains. L'eau s'évapora et les oiseaux d'argile s'envolèrent en battant des ailes. Les enfants s'étaient rassemblés, saisis. Hanan, fou de rage, se jeta sur Jésus, il l'empoigna, il voulait lui fracasser le crâne contre un rocher. Jésus parvint à s'échapper. L'autre, ravagé par la fureur, écumait.

Le soir même, le père d'Hanan vint frapper à la maison de Jésus et Jacques. Il n'y avait qu'une lampe allumée. Joseph travaillait. Jésus, qui ne parvenait pas à s'endormir, entendit une voix sanglotante. Il comprit aussitôt. Hanan était mort. Avant de mourir, il avait confessé le mystère des oiseaux de glaise. Le père demandait des comptes. Joseph ignorait tout. On imputa la mort d'Hanan à la colère et aux bains dans l'eau glacée. Joseph appela Jésus qui échappa à l'interrogatoire en fondant en larmes.

Quelques jours après, Hanan fut conduit dans la *terre de ténèbres et d'ombremort*. La pierre du caveau de la famille fut roulée, le cadavre de l'enfant déposé sur un banc de roc où il achèverait de se décomposer. Jésus façonna un nouvel oiseau d'argile qu'il vint placer la nuit tombée à l'entrée de la sépulture. Il eut beau battre des mains : l'oiseau ne s'envola pas. À partir de ce jour, il ne voulut plus remettre les pieds au jardin de Schammai.

La disparition d'Hanan plongea Jésus dans une inguérissable mélancolie. Il eut des cauchemars où il voyait des fosses, des grottes avec des ossements décharnés. Chaque nuit il visitait le *Shéol*. Il y descendait, conscient de sa faute : c'était lui qui avait tué Hanan. Il était à l'origine de cette violence et de cette rage, de cette mort. Il allait dans un dédale de fantômes. Il priait YHWH pour qu'Il le déposât dans la poussière de la mort. Au son des lyres, il marchait sur un matelas de vermine et de vers. Quelque part au bout de ce dédale, il y avait Anne, sous une vêture de poussière qui était le linceul des morts. Le jour, Jésus allait au pied des pierres qui obstruaient les tombes. Il devinait derrière ces pierres des bouches féroces et avides. Et plus profond encore dans la terre, le *Shéol* avec sa tubulure de fosses et d'ombres. Il se souvenait de ces oiseaux de glaise qui s'étaient échappés de ses mains, il revivait cette puissance folle qui l'avait traversé à cet instant, cette puissance qui avait propulsé les oiseaux dans le ciel et ôté le souffle à Hanan. Il se souvenait aussi de ces récits que lui avait livrés sa mère, ces rois d'Orient qui étaient venus le saluer en lui apportant des offrandes précieuses, ce vieillard qui l'attendait dans le Temple et qui s'était effondré lorsqu'il l'avait vu. Et il ne pouvait pas oublier que tout récemment le Livre de la synagogue lui avait parlé.

La faute pesait en lui comme une pierre. La faute et la différence. Ce que l'épisode du bassin et des oiseaux d'argile avait avant tout révélé, c'était sa singularité, oui, sa différence. Et il lui était de plus en plus douloureux de ne pas ressembler aux autres. Il lui suffisait d'arriver quelque part, on le regardait. Il avait une autorité, un ascendant sur tous ceux qui l'approchaient. Et loin de le réjouir, cette différence lui était une source de souffrance. Sans doute ferait-on de lui un rabbin. Il avait intercepté des conversations où Joseph confiait à Marie son désir de le placer loin de Nazareth. Il voulait être charpentier. Il voulait fabriquer des tables, des aiguillons, des berceaux, des coffres. Pas de sarcophage, pas d'objet sacré. Des nefs peut-être pour partir, pour errer sur l'eau, loin des oiseaux de glaise et du cadavre d'Hanan.

Il entra un soir dans la maison. Marie était seule. Elle allaitait Ruth, la dernière-née. Sa mère lui parut sombre, hiératique, comme juchée sur un trône. Il manqua reculer. Il ne reconnaissait pas sa mère qui ressemblait dans l'ombre à une figure de glaise noire. Marie avait les paupières fermées, elle était roide, comme absente. Lorsqu'elle entendit un bruit de pas, elle leva le regard vers Jésus.

— Qu'y a-t-il ? demanda-t-elle. Tu m'as l'air soucieux.

Jésus marmonna quelque chose.

— Oui, qu'y a-t-il ? C'est la mort d'Hanan ?

— La mort d'Hanan, répondit Jésus, il y a pire. J'ai fabriqué des oiseaux d'argile un jour de *Chabbat* et ils se sont mis à vivre. Ils se sont envolés. Hanan m'a reproché d'avoir façonné des figures un jour de *Chabbat*, on s'est battus, tu connais la suite...

— Il ne faut pas façonner de figures un jour de *Chabbat*, dit simplement Marie. Tu le sauras désormais...

— J'ai peur de tout depuis, je descends au *Shéol*

toutes les nuits, l'autre jour le cadavre d'Anne dans un linceul de poussière me barrait la route...

— Oublie tout cela et travaille avec ton père...

— Je ne voudrais pas devenir rabbin, dit soudain Jésus.

— Pourquoi me parles-tu de cela ?

— Je pense que c'est votre intention à Joseph et toi. Joseph ne m'aime pas. Il prépare quelque chose contre moi...

— Jésus, dit Marie en serrant son fils contre elle, je te prie de chasser de ton esprit toutes ces folies. Promets-moi simplement de ne plus toucher de glaise pour l'instant. Retourne écouter le maître Hillel à l'école de la synagogue, continue de travailler auprès de ton père qui ne te veut aucun mal. Et sois rassuré, personne ici ne veut faire de toi un rabbin. Tu l'entends, personne. Monte sur les hauteurs de Nazareth, regarde le Carmel, Gelboé, le Thabor, les monts Sichem qui sont les sièges des patriarches et des prophètes. Les oiseaux d'argile ne se sont pas envolés pour rien. La mort d'Hanan n'est pas vaine. Souviens-toi que je t'ai porté. Je sais que la parole de Dieu te travaille. Elle ne travaille pas les rabbins. Elle ne vit pleinement que dans les prophètes. Attends encore un peu et tu sauras beaucoup de choses. Ma mission était de te porter et de t'élever. Je m'en acquitte le plus religieusement du monde. Le moment est proche où les maîtres Esséniens, les Purs du Carmel et de la mer Morte sauront t'apporter la réponse...

Les feux de la néoménie charmaient toujours autant Jésus. Les feux et les hauts lieux des patriarches et des prophètes. S'il évitait consciencieusement Schammai, il n'en gagnait pas moins les rochers de Nazareth dès qu'il en avait la liberté. Il profitait d'un moment d'inattention de son frère Jacques pour s'échapper. Ce soir-là, la nuit lui parut limpide et fraîche avec des astres comme une myriade de clous. Les astres l'attiraient désormais bien plus que l'onde des feux venus du Temple. Avant de partir, cédant à la pression d'un caprice, il passa par la synagogue et s'empara du *Yad* en olivier que Joseph avait réalisé pour ses sept ans. Il n'aurait jamais dû s'emparer de cette main de lecture qui était la propriété de la synagogue.

Il se mit à escalader les rochers. Le lézard d'immortalité n'apparaissait plus. Jésus tenait une fois encore à s'éloigner du chemin qu'empruntaient les enfants pour aller voir les feux. La main d'olivier brillait à la lumière de la lune. Il la brandissait comme un sceptre. Il s'enfonça sous un couvert de broussailles et d'épineux. Les arbres nains lui griffaient le visage. Parfois ses pas provoquaient une cascade d'éboulis. Il continuait d'avancer lorsqu'il aperçut entre les branchages noueux un troupeau de biches et de cerfs qui descendait boire au torrent. Les bêtes, suspectant une présence humaine, reculèrent. Un jeune cerf s'arrêta, non loin de Jésus : on eût dit que ses bois encore gainés de velours portaient la lune. Jésus avait toujours éprouvé une véritable fascination pour ces bêtes graciles et majestueuses qui étaient pour lui des passeurs de l'autre monde. Il eût aimé que cet instant durât, les cerfs encadraient les biches qui broutaient le peu d'herbe tendre qui poussait entre les roches, le jeune cerf royal avait toujours la lune enchâssée dans le triangle de ses ramures.

Il y eut soudain un fracas de pierres qui roulaient. Les biches détalèrent dans une nuée de poussière et de graviers. Un lion avait bondi des buissons d'épineux, menaçant, la crinière en feu. Il se précipita sur le plus beau des cerfs qu'il eut tôt fait de mettre à terre. Le troupeau affolé dévalait la pente rocailleuse. On n'entendait plus que le mugissement haineux du lion. La lune s'était voilée. Jésus avait devant lui un grillage d'épines et de ronces, et la masse énorme du lion prêt à dépecer le beau cerf. Sous l'emprise de la peur et d'une voix mystérieuse qui résonnait en lui, il n'hésita pas longtemps, il sortit de son abri, courut sur le lieu du combat : lorsqu'il vit l'enfant, le lion libéra le cerf ensanglanté et se dressa devant lui. C'était une masse de griffes, de muscles, de dents, de pattes déchaînées. Jésus sentit une onde de feu glacé qui lui parcourait l'échine, il y avait des pierres à ses pieds : il aurait pu tenter de fracasser le crâne du fauve. Il se ravisa et lança en direction du lion le *Yad* d'olivier, la main de lecture de la synagogue. Le lion recula aussitôt, poussa un dernier mugissement en considérant les proies qu'il abandonnait et disparut dans un tonnerre de galets et d'arbres arrachés.

Le cerf était sauf. Seul le velours de ses bois saignait. Il n'y avait sur son corps aucune trace de blessure. Il s'attarda et Jésus put le caresser. Au nombre de ses andouillers, Jésus calcula qu'il devait avoir six ans. Cela dura un long moment puis, las de ces caresses, l'animal s'esquiva. Un soleil très rouge commençait à fendre les nuages. Avant de redescendre vers Nazareth, Jésus enterra sous un buisson de cactées les morceaux du *Yad* fracassé. Il glissa simplement dans son vêtement la main qui, elle, était restée intacte.

*

La disparition du *Yad* eut des répercussions terribles. Pour les uns, il s'agissait d'un vol, pour les autres, d'une disparition surnaturelle. On suspecta quelques chenapans du village. Étrangement Jésus fut tenu à l'écart de ces interrogatoires. Un mauvais garçon, qui était accusé d'autres vols, fut roué de coups. Le rabbin demanda à Joseph s'il acceptait de confectionner une nouvelle main de lecture. Joseph répondit qu'il le ferait d'autant plus volontiers que c'était bientôt le septième anniversaire de Jacques.

Quand il entendit cela, Jésus choisit un morceau d'acacia et les outils qui lui seraient nécessaires, et il s'isola. Il avait brisé le *Yad* de Joseph en défiant le lion. Il avait défié le lion pour sauver le cerf. Et surtout il avait tu son forfait. Il ne s'en était même pas ouvert à Marie. Il s'isola des journées entières sous prétexte de mener paître les moutons. Il s'enfermait dans une sorte de hutte pour travailler. Il sculpta et polit l'acacia pourtant très dur avec une facilité et une maîtrise qui le surprirent. Une nuit, il s'était introduit dans la tombe de Hanan, il avait trouvé sans problème son corps déposé sur un petit banc de roc non loin de l'entrée. Et il avait arraché la main droite d'Hanan. Elle était là, à présent, sous la hutte, blême, séchée et assaillie de mouches. C'était cette main à l'index levé qu'il sculptait. Il voulait expier deux miracles et deux fautes, deux miracles qui s'étaient convertis en fautes. Lorsque le *Yad* nouveau fut prêt, il rouvrit la petite fosse où il avait caché les débris de la main de lecture après le combat avec le lion et il y enterra ce qu'il avait gardé de la main d'olivier et les doigts parcheminés d'Hanan.

Avant même la remise officielle qui devait avoir lieu pour la fête des Cabanes, le rabbin arriva un soir chez Joseph et Marie. C'était un vieillard acariâtre qui puait. Il était exceptionnel qu'il se déplaçât. Il demanda à Joseph s'il travaillait toujours à sa main de lecture. Le charpentier venait de terminer son œuvre : il sortit d'un linge blanc le *Yad* d'olivier clair qu'il avait réalisé. Le rabbin considéra l'ouvrage avec une extrême attention.

— C'est très beau, dit-il, mais il y a un problème. Imaginez qu'on a déposé à la synagogue une nouvelle main de lecture, de toute évidence pour remplacer celle qui avait été volée.

— Si elle est plus belle que la mienne, c'est celle-là qu'il faut utiliser, répondit Joseph que ce contretemps ne blessait en rien.

Le rabbin avait sorti d'une étoffe roulée une main de lecture plus grande, avec de longs doigts effilés d'adolescent.

— Il faut la garder, clama tout de suite Joseph, elle est en acacia. Et, en plus, elle est parfaite.

Et il appela Jésus qui était perché sur sa poutre favorite.

— Vous avez tout à fait raison, dit le rabbin, elle est

en acacia, elle est très belle, la vôtre aussi rassurez-vous, mais elle a une autre particularité... Cet enfant que l'on me dit supérieurement intelligent va sans doute nous trouver l'originalité de ce *Yad*...

Jésus, qui avait quitté son perchoir, prit la main, la tourna, l'observa comme s'il ne l'eût jamais vue. Il restait muet.

— L'intelligence de ce prodige a donc des limites, ironisa le rabbin. Vous ne voyez donc pas que le sculpteur a gravé de façon très discrète le Tétragramme sur le manche de la main, se souvenant que le monde a été créé par le Tétragramme et que ceux qui ont la maîtrise du nom de Dieu peuvent l'utiliser à des fins magiques... Vous savez bien que Moïse s'en servit pour tuer un contremaître égyptien et ses quatre lettres étaient gravées sur le bâton avec lequel Aaron fendit les eaux de la mer Rouge et aussi sur l'anneau magique de Salomon... Cet objet est doublement une merveille... Charpentier Joseph, gardez toutefois votre *Yad* au cas où les voleurs reviendraient...

Le rabbin tourna les talons. Joseph resta seul longtemps, sa main d'olivier posée sur l'établi. Jésus était remonté sur sa poutre. Il n'y avait eu aucun échange entre le père et le fils une fois le rabbin parti.

Le soir, après le repas — Jésus suivait la scène de sa poutre —, Joseph fit mine d'aller regarder les étoiles et il se glissa dans l'atelier. Il prit le *Yad* des sept ans de Jacques et il le scia. Puis il l'ensevelit dans la terre battue de l'atelier. Il pleurait toutes les larmes de son corps.

Le maître Hillel convoqua Jésus. C'était le maître de l'école qui dépendait de la synagogue. C'était un homme tout juste d'une quarantaine d'années, maigre et imposant, les tempes légèrement argentées, toujours habillé de noir. Il était sensible à l'intelligence et à la vivacité d'esprit de Jésus. Il se disait que ses leçons n'avaient pas le même éclat les jours — de plus en plus nombreux — où Jésus ne venait pas à l'école. Il portait ce jour-là une saie et des chausses noires constellées de lettres. Il était assis sur un trépied de bois clair, les pieds étendus dans le sable blanc qui recouvrait le pavage de la salle. Il regarda Jésus d'un air supérieur :

— Ainsi, je ne te vois plus. Tu estimes peut-être que tu as mieux à faire ou que tes études sont finies...

— Je travaille auprès de mon père, répliqua Jésus d'une voix calme.

— Ce n'est pas ce que me disent tes camarades. On t'a beaucoup vu ces derniers temps dans les montagnes, on me dit encore que tu erres beaucoup auprès de la tombe d'Hanan...

— J'aimerais être libre de mes mouvements sans devoir être sans cesse épié...

— Mais oublierais-tu ton âge ? Tu as dix ans. Tu n'as pas encore l'âge de la majorité. J'aimerais que tu m'expliques cette histoire d'oiseaux d'argile...

— J'ai promis, maître, que je ne raconterai plus cette histoire.

— Est-il vrai qu'ils se sont envolés, un jour de *Chabbat* ?

— C'est exact.

— Ce n'est pas possible, soupira le maître, sceptique.

Ce doit être une hallucination collective. Pourtant j'ai interrogé ceux de tes camarades qui étaient avec toi ce jour-là, leurs témoignages concordent.

Jésus ne voulait plus voir le visage du maître. Tout en l'écoutant, il regardait ses pieds noirs constellés de lettres qui labouraient le sable. Le maître reprit l'interrogatoire :

— Est-il vrai, ce sont tes camarades qui me l'ont rapporté, que tu as déclaré à Hanan au moment où il te frappait : « Comme cette eau s'est écoulée, que de même ta vie s'efface » ?

— Je ne me souviens de rien. Je n'étais plus moi-même à cet instant. Je ne veux plus parler de cela. Je pourrais aussi vous dire que l'autre jour j'ai surpris dans la montagne un lion qui s'apprêtait à dévorer un cerf, je me suis interposé et le lion a fui...

Le maître éclata de rire. Il recouvrait toute sa jeunesse en riant. Il avait dû être un adolescent superbe, séducteur, d'une intelligence vive qui ne s'en laissait pas compter.

— Mon pauvre Jésus, tu es un fabulateur. C'est très bien les fabulateurs, mais méfie-toi de tomber dans les rets de tes fables...

Hillel riait de toutes ses dents. Des dents de carnassier. Ses traits se contractèrent. Il avait les mains nouées.

— Connais-tu toujours tes lettres ?

— Bien entendu, répondit Jésus.

— Combien y en a-t-il ?

— Vingt-deux.

— Comment les trace-t-on par rapport à la ligne tutrice ?

— Toutes en dessous.

— Toutes ?

— Toutes, à l'exception d'une.

— Laquelle ?

— *Lamed.*

— Tu pourrais me la tracer ?

— Inutile, dit Jésus. Elle est là.

Et il la montra sur la tunique du maître.

Le masque de l'homme mûr avait effacé chez Hillel les traits de l'adolescent. Un moment, lorsqu'il avait ri, on avait vu réapparaître le visage du jeune homme dominateur — et vulnérable. À mesure que l'interrogatoire se déployait, c'était cette vulnérabilité qui s'affichait.

— Je vais te poser une dernière question à laquelle tu ne sauras pas répondre. C'est un point que je n'ai jamais abordé. Sais-tu pourquoi *Lamed* est la seule lettre qui dépasse la ligne tutrice ?

— C'est très simple, dit Jésus. *Lamed* est la racine de tout ce qui a un rapport avec l'étude et l'enseignement. Apprendre, c'est dépasser la ligne tutrice, c'est aller au-delà du verset...

— Mais comment peux-tu connaître quelque chose que je ne t'ai jamais enseigné ? Ce sont tes parents, le rabbin, les étoiles ?

— Ni mes parents, ni le rabbin, ni les étoiles, cela, maître, je le sais de *fondation.*

À cet instant le maître arracha ses chausses noires constellées de lettres et il en couvrit les jambes et les pieds de Jésus.

Il y eut peut-être d'autres miracles. Des maîtres qui se taisent définitivement après que Jésus a parlé, des cruches brisées qui se ressoudent, des pièces de bois rebelles aux mains de Joseph et qui se plient ou croissent dès que Jésus les touche. Ce tissu de miracles, les Évangiles de l'ombre et de l'enfance l'explorent complaisamment, sujets à la surenchère et à l'amplification. Car on ne sait rien. Et peu nous importent les cruches brisées, les maîtres mutiques, le bois ductile entre les mains de Jésus. Dans cette forêt de foutaises et de merveilles — les *mirabilia* chers aux scripteurs du Moyen Âge — nous aurons retenu ces trois miracles, celui de l'argile, celui du cerf, celui du maître fasciné. Pour nous, ils furent les premiers et les seuls de Jésus tout le temps de sa vie cachée. Des oiseaux de glaise et de vent, un lion que terrorise le *Yad* magique, un maître beau et attirant — attiré — qui couvre les pieds de son disciple d'un suaire de lettres. Et si *Taw* est la lettre emblématique de Joseph — cette lettre de bois qui pousse entre les mains du charpentier dans le fantasme de l'enfant —, *Lamed* est indéniablement celle de Jésus, la lettre de l'étude, de l'enseignement — et du passage.

6

Depuis qu'il avait confié son trouble à sa mère après la mort d'Hanan, la parole de Marie ne l'avait jamais abandonné : *« Le moment est proche où les maîtres Esséniens, les Purs du Carmel et de la mer Morte sauront t'apporter la réponse. »* Un jour, il s'enfuit de Nazareth. C'était l'hiver de ses douze ans, un hiver exceptionnellement rigoureux, avec de la glace et de la neige. Sa dernière confrontation avec le maître Hillel l'avait affranchi des contraintes de l'école. Le maître lui avait signifié qu'il en savait assez et qu'il pouvait dorénavant consacrer tout son temps à l'atelier de Joseph. Il serait charpentier, la chose était acquise. Il ne serait pas rabbin. Il ne vouerait pas sa vie à la dessiccation de la Loi. Ses parents lui avaient promis de l'emmener à Jérusalem pour la Pâque. Depuis ses déplacements d'enfant, dont il n'avait aucun souvenir, il n'avait pratiquement jamais quitté Nazareth.

Il prit un bâton d'acacia qu'il avait sculpté, un bâton sur lequel il avait eu soin de graver le Tétragramme. On pouvait encore rencontrer des lions dévoreurs de cerfs, des bêtes sauvages qui vivaient dans les montagnes. Il avait rarement vu neige aussi épaisse. Il était parti à l'aventure. Des aigles et des vautours tournoyaient dans un ciel brouillé. Une voix nocturne lui avait dit qu'il fallait marcher jusqu'au pays des ermites. Marcher, cheminer dans la neige sous des arbres gainés de givre qui sifflaient. Il avait laissé une couche vide, il était parti sans annoncer qu'il s'en allait. Cette voix devait être celle du Livre mais, étrangement, elle prenait souvent les intonations de sa mère. Il marchait en direction du pays des Solitaires et des Purs. La parole de Marie avait suffi, il les imaginait dans des forteresses immémoriales, dressées sur les monts des patriarches, des bâtisses aux murailles ocre, brûlées par le soleil et le vent du désert. Et à l'intérieur de ces nids d'aigle il devinait la présence d'ermites durs et décharnés, des veilleurs intransigeants, des descendants des Prophètes, les fils d'Isaïe et d'Ézéchiel. Ils devaient vivre sous les astres, adorant la lune et se nourrissant de psaumes, de pain azyme et d'herbes amères. Ils savaient qu'à tout instant un dragon pouvait envahir le ciel. Il y avait des années qu'ils calculaient le chiffre du dragon qu'ils appelaient la *Bête de l'abîme*. Il se disait encore qu'ils avaient enfermé des fragments du Livre dans des jarres, des urnes, des amphores.

Le paysage que traversait Jésus était rigoureusement vide. Les arbres noueux, avec leurs manchons de givre, nouaient au-dessus de lui un dais menaçant et maléfique. Il cria : l'écho de son cri se perdit dans les neiges. Des bêtes qu'il avait peine à identifier passaient avec des livrées ou des pelisses blanches ponctuées de signes noirs. Lorsqu'il se retournait, croyant apercevoir un village ou un sommet, il ne voyait que des étendues de glace. Au sortir de la forêt dans laquelle il avait cheminé — une forêt dont les arbres en bougeant émettaient des bruits de glaives —, il arriva dans un village qui paraissait totalement enseveli sous la neige. Les formes cubiques des maisons, le lacis des ruelles, les terrasses, tout avait disparu. Jésus crut entrevoir des traces de sang qui jalonnaient la route. La nuit tombait. Le ciel se fermait comme un haut mur de jais. Une lampe brillait dans ce qui avait dû être la synagogue. Il y entra. La toiture, en partie éventrée, béait sur un ciel sans étoiles. Son manteau était gelé. Le givre l'avait durci à la façon d'une cuirasse. Ses pieds étaient gelés. Un froid terrible le saisit. La synagogue était vide : il y avait longtemps qu'on n'y pratiquait plus aucun culte. Seule restait cette lampe mystérieuse près de l'arche sainte qui avait renfermé le Livre.

La nuit était tombée désormais et il était évident que Jésus passerait les heures à venir à l'intérieur de la synagogue. Il avait faim. Il n'y avait rien à manger. Il avait plus froid que faim. Lorsqu'il eut compris que la lumière de la lampe mystérieuse ne suffirait pas à le réchauffer, il se décida à allumer un feu. Il n'y avait pas de bois. Dehors une bise glaciale soufflait, si forte qu'elle décourageait toute velléité de sortie. Alors Jésus jeta la lampe sur l'arche sainte qui s'embrasa aussitôt. Le bois du coffre sacré était sec et vieux : les flammes crépitaient avec allégresse. Elles léchaient la muraille et réchauffaient Jésus. Le vêtement, le corps de l'adolescent retrouvèrent un peu de souplesse et de vie. Une voix tonna soudain, dans l'obscurité de la synagogue :

— Qui es-tu pour oser mettre le feu à l'arche sainte ? Qui es-tu, jeune impie ?

Jésus se retourna. Il ne voyait rien. Une ombre épaisse occupait le fond de la bâtisse. En revanche, les flammes continuaient de danser avec une belle allégresse. La voix se fit de nouveau entendre :

— Peux-tu me dire qui tu es ?

Jésus ne se laissa pas gagner par la peur. Il répondit :

— Dis-le-moi, plutôt, toi qui viens troubler ma quiétude.

— Je suis le rabbin de cette synagogue.

— Je suis Jésus, premier fils de Joseph, le charpentier de Nazareth. Moi, je n'hésite pas à me montrer à toi dans la clarté de ces flammes, pourquoi hésites-tu autant à te manifester ?

— C'est que je suis mort il y a plusieurs siècles, dit la voix.

— Tu me parles donc du *Shéol.*

— Du *Shéol* et de cette synagogue, car même si tes yeux de chair ne me voient pas, je ne suis pas très loin de toi... Ce que tu viens de faire est impardonnable. Tu as brûlé le Livre qui dormait dans cette arche. Montre-moi ton prépuce...

— Il y a longtemps que je l'ai plus, je suis circoncis depuis mon plus jeune âge...

— Tu es donc juif, religieux et tu brûles l'arche sainte ?

— Cette arche était vide et pourrie, j'avais froid, j'ai un peu plus chaud à présent, sache que je ne regrette rien.

— Je n'ai jamais entendu un enfant de ton âge parler

de la sorte, gronda le rabbin invisible. Ceci est proprement invraisemblable. Où vas-tu ?

— Je ne sais pas si je dois te le dire. Je marche vers le pays des Ermites, des Solitaires et des Purs.

— Tu brûles l'arche sainte et tu marches sans vergogne vers le domaine des ennemis des rabbins. Car tu n'es pas sans savoir qu'ils nous haïssent ! C'est donc que tu es comme eux, un hérétique ! Peux-tu me dire qui t'a donné l'ordre d'aller chez ces ermites ?

— Je n'ai rien à te cacher, *rabbin des ombres*, rien. C'est ma mère qui m'a demandé de prendre la route. Elle m'a dit qu'eux seuls pourraient répondre aux questions que je me pose... Je ne te montrerai pas mon prépuce, ni mon cœur, je ne te dirai pas qui je suis, ni d'où je viens car je ne le sais pas moi-même. Je ne considère en rien l'acte que j'ai commis comme sacrilège. J'avais froid, j'étais perdu, j'ai brûlé le bois qu'il y avait là, je suis sûr que YHWH comprend mon geste...

— Invoquer le nom de YHWH après avoir mis le feu à l'arche sainte, hurla le rabbin, tu es en dehors de la Loi, tu es un impie et un fou et il est de mon devoir de t'empêcher d'atteindre le territoire de ces sauvages...

— Et que peux-tu contre moi ?

— Prononcer un sort, te faire plonger avec moi dans le *Shéol* ! N'oublie pas que je suis mort et que j'ai tout pouvoir sur les vivants !

— C'est bien, dit Jésus, je descendrais volontiers avec toi, j'aimerais revoir ma grand-mère Anne, Hanan mon ami, mais pour l'heure laisse-moi en paix, ma route est longue encore et je voudrais me reposer un peu...

— Tu n'es pas près de me chasser de chez moi, jeune

impertinent et je t'assure que tu n'es pas encore sorti d'ici !

À cet instant, Jésus choisit de ne pas répondre. Il brandit son bâton d'acacia — qui portait le Tétragramme gravé — et le lança vers le fond de la synagogue, à l'endroit d'où s'élevait la voix. Le feu de l'arche redoubla. Le mauvais rabbin avait sombré dans la *terre de ténèbres et d'ombremort*. Auprès du brasier qui ne faiblissait pas, Jésus dormit en paix.

Il arriva au bord d'un fleuve qui charriait d'énormes blocs de glace. Les roseaux des rives étaient habillés de gel. On apercevait dans les lointains un paysage d'ergots rocheux et de cédraies enneigées. Il n'eut pas fait quelques pas qu'un homme sortit d'une hutte de rondins elle aussi couverte d'un lourd manteau blanc.

— *Ave*, dit l'homme. Te voici aux portes du Domaine des Solitaires. Si tu veux bien te donner la peine de monter dans cette barque...

Jésus monta dans la chaloupe sans broncher. Il était transi. C'était une longue barque noire et calfatée. L'homme naviguait avec beaucoup d'aisance entre les blocs de glace qui heurtaient l'embarcation. Il portait un épais vêtement sombre avec des inscriptions mystérieuses.

— Quel nom faut-il te donner ? demanda soudain Jésus en sortant de son mutisme.

— Le passeur, je n'ai pas d'autre nom. Et toi qui es-tu ?

— Je suis Jésus, le premier fils du charpentier de Nazareth. Nous allons chez les Solitaires ?

— Pas si vite ! Tu passeras d'abord la nuit chez moi, de l'autre côté du fleuve. Les Solitaires sont sur la montagne, parmi les neiges et les cèdres bleus.

— Mais je veux les voir, je veux qu'ils répondent à mes questions, insista Jésus.

— Attends un peu, ils le feront.

— Mais j'aimerais rencontrer le maître !

Le passeur éclata de rire. Un long panache de buée s'échappait de sa bouche. Et tout en riant, il continuait d'avancer avec une grande maîtrise ; au milieu du fleuve, la force du courant entraînait plus violemment encore les blocs de glace.

— Tu voudrais rencontrer tout de suite les maîtres de l'ordre alors qu'il faut des années d'épreuves pour entrer dans la confrérie, reprit le passeur. Tu es décidément bien impatient. Quel âge as-tu ?

— Je viens d'avoir douze ans, répondit Jésus.

Ils avaient atteint l'autre rive. Ils pénétrèrent dans une sorte de caverne. Un feu brûlait tout au fond. À part cela, il n'y avait rien. Pas une pièce de mobilier. Les murs de la grotte étaient nus. Le passeur tendit à Jésus une coupe de lait glacé accompagnée de figues et de poisson séché.

— Pourquoi cette neige ? demanda Jésus.

— C'est la neige qui annonce la venue du *Fils de la Femme*..., dit le passeur. Et toi d'où viens-tu ?

Jésus raconta son enfance, ses études auprès du maître Hillel, son apprentissage chez son père. Il savait raboter, tailler, polir, sculpter. Il avoua qu'il avait confectionné un *Yad* d'acacia pour la synagogue de Nazareth. Il parlait et on ne pouvait plus l'interrompre : c'était un coq-à-l'âne étourdissant qui convoquait des épisodes réels — la naissance de ses frères et sœur, la mort d'Anne — et des faits surnaturels. C'est ainsi qu'il évoqua les oiseaux d'argile et la disparition d'Hanan, le combat du cerf et du lion et la nuit dans la synagogue sur laquelle veillait le rabbin invisible. Il s'arrêta. Un doute le tenaillait.

— J'ai sans doute eu tort de brûler cette arche...

— Quelle importance, soupira le passeur, tu étais seul, tu avais froid, l'essentiel était de te chauffer.

Chaque fois qu'il interrogeait le passeur sur la vie et les rites des Solitaires, il n'obtenait pas de réponse. Il insista. La seule chose que le passeur avouât, ce fut leur haine de la ville. Jésus eut beau multiplier les questions, son interlocuteur se murait dans un infrangible mutisme. Un instant la peur étreignit Jésus, l'angoisse de la nuit, le probable retour des peurs du *Shéol*.

— Renonce à toute curiosité si tu veux vraiment être des nôtres... Je rendrai compte au maître de tout cela. Qu'est-ce qu'on t'a raconté chez toi à propos de ton enfance ?

— Mon père ne m'a jamais parlé de rien. Il m'a seulement appris le métier du bois. Celle qui m'a raconté quelques faits un peu mystérieux liés à mon enfance, c'est ma mère. Pour mes sept ans, mon père a offert à la synagogue un magnifique *Yad* qu'il avait lui-même sculpté. C'est à cette occasion, je crois, que ma mère m'a dit ce qui était arrivé le jour de ma présentation au Temple, ils n'avaient pas d'argent, ils avaient simplement offert deux pigeons... Un vieillard qui se trouvait là m'a pris dans ses bras et il a béni Dieu en disant :

« Maintenant, Maître, c'est en paix,
comme Tu l'as dit, que Tu renvoies Ton serviteur.
Car mes yeux ont vu Ton salut,
que Tu as préparé face à tous les peuples ;
lumière pour la révélation aux païens
et gloire d'Israël Ton peuple.»

Ensuite, c'est toujours ce que m'a affirmé ma mère, le vieillard s'est dissous dans la lumière...

— Le *Fils de la Femme* a rendu au Temple la fonction oraculaire qu'il avait perdue, dit sobrement le passeur.

— Il y a un autre épisode, poursuivit Jésus qui soliloquait, à ma naissance le roi de l'Inde, le roi des Arabes et le roi de Perse seraient venus me saluer, apportant chacun des cadeaux précieux. Ils avaient à peine déposé ces cadeaux qu'ils eurent des visions : le premier me vit assis sur un trône de gloire, le deuxième porté par une armée innombrable qui m'adorait prosternée, tandis que le troisième enfin me voyait surgissant du *Shéol* après une mort dans les supplices...

— C'est probable, murmura le passeur. Je sais qu'ils ont offert à Celui qui vient, l'or, l'encens et la myrrhe, et c'est cela qui compte, saluant en Lui le roi, le prêtre et le prophète...

Dépaysé et épuisé par le grand air, Jésus s'était endormi.

Chez les Solitaires, dans leurs hautes citadelles dressées parmi les neiges et les cèdres bleu nuit, la succession des heures et des rites constituait une sorte de temps immobile. Il suffisait de monter sur ces ergots qui surplombaient des vallées désertiques et sableuses pour avoir un avant-goût de l'éternité. Des chemins tortueux et arides partaient à l'assaut des forteresses. Ces pentes abruptes décourageaient les visiteurs et les nomades. On disait que la montagne était truffée de passages et d'escaliers secrets. On disait encore que seuls les initiés avaient accès aux plus hautes des nefs, lesquelles, vues de la vallée, paraissaient taillées à même le roc.

L'année qui s'ouvrait serait chez les Solitaires celle de la *Colombe troglodyte*. Un animal biblique veillait ainsi à l'accomplissement de chaque année. La *Bête de l'abîme* serait le dernier de ces animaux emblématiques. La peur de la fin du monde travaillait, en effet, les Solitaires. Pour eux, l'Apocalypse coïnciderait avec la venue d'un Roi davidique, d'un Prêtre ou d'un Prophète, car ils attendaient trois personnes messianiques, à moins que l'Oint du Seigneur ne les incarnât toutes. Et cette venue les occupait autant que la crainte de la *Bête de l'abîme*. Les Solitaires étaient de souche prophétique et royale. Les prêtres et les docteurs les détestaient. Les Solitaires ne s'étaient jamais considérés en lutte avec le Temple. Ils savaient pourtant qu'à Jérusalem on cherchait à les pourchasser et à les détruire. Viendrait peut-être un jour où l'on démantèlerait leurs citadelles et où l'on répandrait du sel sur les sites qu'ils avaient occupés. On ne pardonnait pas aux Solitaires leur refus des fêtes, des grands spectacles, des holocaustes, d'une religion qui s'offre. On les soupçonnait de vénérer le vent de l'Esprit dans leurs bastions de vertige. Ils n'égorgeaient pas de bétail, le sang des agneaux ne ruisselait pas dans les rigoles de leurs autels. On rapportait qu'au cours de longues et lentes cérémonies ils buvaient le vin de la vigne du Seigneur dans un calice d'or. Moïse, selon certains, avait bu à ce calice et même Abraham qui avait appris ce rite auprès de Melkisédeq.

Les Solitaires continuaient d'exercer un métier. Ce n'étaient pas des prêtres oisifs et stipendiés, des mercenaires de Dieu. Il y avait parmi eux des tisserands, des potiers, des paysans, des charpentiers. On conduisit donc naturellement Jésus auprès du chef des charpentiers. C'était un homme d'une extrême vieillesse, très maigre, à la peau presque translucide et qui parlait si bas qu'il fallait déployer une attention considérable si l'on voulait suivre ses paroles. Il exigea que Jésus fût plongé dans un bain d'eau glacée et vérifia qu'il était bien circoncis. Jésus resta un long moment nu devant le vieillard qui lui prit soudain la main gauche. L'air pur et cristallin sentait la résine.

— Tu es mort toi aussi ? demanda Jésus.

Le vieillard fit comme s'il n'entendait pas. Il regardait la ligne de la main de Jésus.

— Tu es mort toi aussi ? répéta Jésus.

Un enfant était entré, apportant un linge blanc pour draper celui qui sortait de l'eau.

— Couvre-toi, grogna le vieil homme, tu sens bien que le froid est terrible.

Il se tut, continuant d'inspecter la main de Jésus. Ses doigts étaient aigus et effilés comme des serres.

— La ligne s'arrête au milieu de ta main, tu ne vivras pas vieux...

Jésus frémit. Pour peu il aurait bondi, mais plus il cheminait chez les Solitaires, plus il sentait les mâchoires d'un piège qui se refermait sur lui. Il regarda la grande pièce nue et chaulée dans laquelle il se trouvait. Ce vide le saisit. Il y avait bien eu tout à l'heure cette senteur fugace de résine et, depuis, il humait plutôt des odeurs d'aromates et de plantes médicinales. Jésus en était sûr : il y avait des années que l'on ne travaillait plus le bois en ces lieux, si toutefois on l'avait fait un jour. Le titre de charpentier que portait le vieillard devait ressortir à une très obscure symbolique.

Lorsque Jésus fut purifié et drapé de lin blanc, l'homme l'entraîna dans une petite cour carrée qui ouvrait sur le ciel. Des éperviers tournoyaient au-dessus de la forteresse. Un puits, tout serti de neige, occupait le centre de l'espace.

— Ils sont nombreux autour du puits, mais il n'y a personne pour y descendre, déclara le vieillard.

Jésus regarda autour de lui. La cour était aussi vide que la pièce qu'ils avaient quittée. Il imagina aussitôt que se pressaient autour de ce puits, comme autour de la fontaine de Nazareth, des femmes, des enfants que ses *yeux de chair* n'appréhendaient pas. Il n'avait qu'une peur : que l'homme lui demandât de descendre dans le puits. Le vieillard s'avança vers le centre du jardin. Ses pas ne laissaient aucune trace sur la neige. Il escalada la margelle et disparut. Jésus se précipita au bord du puits : tout au fond d'un goulot immensément profond on devinait une pupille d'eau lumineuse. Comme si le puits eût renfermé un soleil. Comme si un soleil secret et inaccessible eût lui de toute éternité au plus profond de la montagne des Purs. Livré à la solitude, le corps dans un état de léthargie bienheureuse, Jésus répétait la parole du vieux charpentier : « Ils sont nombreux autour du puits, mais il n'y a personne pour y descendre. » Ce devait être la règle chez les Solitaires. Hier, le passeur lui avait aussi parlé par énigmes. Une seconde vague de frayeur l'enlaça. Il craignit d'en avoir trop dit. Qu'était-il allé parler des rois venus d'Orient, du vieillard du Temple dont le corps s'était dispersé en une poussière d'or ? L'homme mort et translucide qui venait de se jeter dans le puits était peut-être le guetteur du Temple... Il croyait se souvenir du nom : *Syméon*. Il le cria en fixant l'eau lumineuse qui bouillait au fond du goulot. Et, pour réponse, il y eut un jeune épervier qui vint se poser sur sa main.

« Ma main de futur mort...», songea-t-il en observant l'oiseau qui s'était installé là comme sur un perchoir. L'épervier contractait ses serres, Jésus ne ressentait aucun mal. Plusieurs heures passèrent ainsi sans que l'oiseau bougeât, sans qu'il émanât de la citadelle aucun bruit de présence humaine. Jésus s'était assis au bord du puits et il contemplait le ciel pur et dégagé. Un ciel de montagne. Il agita la main, pensant que l'épervier aspirerait à retrouver sa liberté. Plus Jésus remuait, plus l'oiseau s'agrippait à son perchoir. Il avait un plumage hivernal, très blanc avec un léger semis de taches brunes. De fines taies de peau recouvraient ses prunelles. Un moment, Jésus sentit les griffes qui se desserraient. L'épervier s'envola, décrivit plusieurs cercles parfaits au-dessus de la citadelle, fonça dans la direction du soleil qui s'était levé, échappa un bref instant au regard de l'adolescent et revint se poser sur sa main. « Il doit aimer ma main de condamné... », se dit Jésus en riant, « et, pour aimer à ce point la main d'un garçon qui ne vieillira pas, ce doit être l'âme d'un patriarche, d'un grand Ancien, un épervier sacerdotal... » Le mot l'amusa, tant et si bien qu'il se mit à courir autour du puits comme s'il eût été ivre, ses pas déchiraient la neige et lançaient contre la margelle givrée des gerbes de flocons, des pétales, un déluge de fleurs blanches et fastueuses, il pleuvait des remparts et des toits des milliers de ces fleurs printanières, fleurs de pommiers, d'aubépines, d'amandiers, souples, légères, évanescentes, et la cour céleste se transforma en verger éclaboussé de lumière et de blancheur, un verger tout ondulant de vagues et de flocons floraux, un jardin de neige gardé par un apprenti solitaire et son épervier sacerdotal, un verger qu'éclairaient des rayons d'or jaillis du puits central.

*

Jésus allait par les couloirs de la forteresse, l'épervier toujours perché sur sa main. C'était une suite de longs couloirs de pierre ocre et d'escaliers creusés dans la roche, de cryptes et de salles absolument vides. Pas un candélabre. Pas un coffre. Pas une fresque. De longues coursives pour les promenades et les méditations, les veilles et les exercices spirituels. L'oiseau ne semblait pas effrayé d'avoir quitté le grand air et sa présence rassurait Jésus. Ils formaient un couple, à tel point qu'on aurait pu penser qu'ils se connaissaient depuis toujours.

Jésus descendait un escalier imposant qui débouchait sur un pavage immaculé tout inondé de lumière quand soudain l'oiseau se contracta et se mit à battre des ailes. Aussitôt Jésus ralentit le pas : des voix résonnaient au pied des marches. L'épervier s'envola et alla se poser sur l'épaule d'un homme entièrement vêtu de blanc, un homme qui se tenait un peu à l'écart d'un groupe dont la particularité était aussi d'être habillé de lin blanc. Jésus sursauta, craignant d'être aperçu, mais l'arrivée de l'épervier qui s'était perché sur l'épaule du maître ne perturba en rien la cérémonie. Ce devait être le moment de la méditation et l'officiant n'était autre que le passeur du fleuve.

Un jeune homme qui portait une simarre sombre — un novice sans doute — s'approcha du maître, déroula un livre et entreprit la lecture :

« Depuis le commencement, le Fils de l'Homme était dans le mystère. Le Très-Haut le gardait auprès de Sa puissance et le manifestait à Ses élus... Mais les rois seront effrayés et prosterneront leur visage contre terre et l'épouvante les saisira quand ils verront le Fils de la Femme assis sur le trône de sa gloire... Alors l'Élu appellera toutes les forces du ciel, tous les saints d'en haut et la puissance de Dieu. Alors les Chérubim, les Séraphim, les Ophanim, tous les anges du Seigneur, c'est-à-dire de l'Élu et de l'autre force, qui servent sur la terre et au-dessus des eaux, élèveront leurs voix. »

« Beaucoup se tiennent devant la porte mais seuls les Solitaires et les Simples entreront dans la chambre nuptiale. »

« Le monde est un pont, passe et veille à ne pas y établir ta demeure. »

Lorsque ces lectures furent terminées, le novice se prosterna devant le maître qui prit la parole :

— Mes amis, cette nuit nous entrerons dans l'année de la *Colombe troglodyte*, faisant un pas de plus vers Celui qui doit venir. Je crois désormais cette venue très proche. Il y a, en particulier, un signe qui ne ment pas : depuis quelques heures, signe merveilleux entre tous, de l'huile coule de la *pierre de fondation* de cette citadelle. C'est donc que l'Oint du Seigneur va bientôt être des nôtres.

« C'est pour cette raison que j'ai souhaité que vous entendiez ces paroles du livre d'Hénoch et ces aphorismes qui nourrissent chaque jour la réflexion des Solitaires. Oui, le monde est un pont et nous ne sommes que des passants ; oui, l'entrée de la chambre nuptiale est un défilé périlleux. Je pense à Celui qui viendra s'asseoir sur cette pierre qui libère depuis quelques heures une huile aromatique, Il est la Lumière, Il est la Vie, Il est le Fils de la Femme. Dans quelques heures Il sera parmi nous, Il pourra boire à la coupe sans connaître les épreuves qui jalonnent le cheminement de tout Solitaire. Le temps de Sa gloire n'est pas encore venu, il Lui faudra continuer de travailler dans l'ombre, activement, sans rien montrer de la Lumière qu'Il porte — et qu'Il est. Il Lui faudra de l'humilité et de la patience. Qu'Il sache qu'Il trouvera toujours auprès de nous le réconfort et l'hospitalité qu'Il est en droit d'attendre. Qu'Il se méfie de tous ceux qui Le guettent et Le menacent. Parce que avant que s'accomplisse la vision royale du livre d'Hénoch, il y aura beaucoup de douleur et de grincements de dents. Notre puissance et notre extrême faiblesse aussi, c'est de savoir qu'Il est déjà parmi nous. Nous le savions depuis que l'un des nôtres, Syméon, en Le voyant tout enfant, est revenu à la Lumière. Nous le savons depuis que cette neige inhabituellement épaisse est tombée. Nous le savons depuis que l'huile parfumée ruisselle de notre *pierre de fondation*, la vraie, et dans cette huile j'ai reconnu les senteurs du livre de l'Exode : myrrhe, cinnamome, roseau aromatique, casse... Oui, Il est là. Jouissons de cet instant et de cette grâce. Ensuite Il rentrera dans l'ombre et dans le temps, et dans quelques années, mais serons-nous encore sur cette terre d'apparences, le Seigneur Lui dira comme il a dit à Isaïe : " *Va, dénoue la toile de sac que tu as sur les reins, ôte les sandales que tu as aux pieds.* " Car Il ira nu et déchaussé. Et le Seigneur proclamera à la face du monde : " *Mon serviteur est allé nu et déchaussé pendant trois ans... Nu et déchaussé pour vous instruire et vous éclairer. Et vous l'avez rejeté comme une pierre de scandale...* "

*

C'était une salle vaste et profonde qui s'enfonçait sous la forteresse. De hauts sièges taillés dans la pierre entouraient l'autel. Tout autour, il y avait des palmes, des flambeaux et des brassées de fleurs. Des roses, des lys, des pousses bien vertes. Un vase d'or massif orné de toutes sortes de pierres précieuses était posé sur l'autel.

Le maître de l'ordre — le passeur du fleuve — avait pris la robe de gloire et revêtu des ornements superbes pour la célébration de l'entrée dans l'année de la *Colombe troglodyte*. Il était accompagné d'une couronne de frères comme d'une frondaison de cèdres du Liban. Ils étaient au nombre de douze et ils portaient tous sur leur tunique de lin blanc un pectoral dont la couleur variait. Le premier était noir, le deuxième bleu nuit, le troisième moucheté, le quatrième fleuri, le cinquième laineux, le sixième noir et constellé de lettres, le septième bleu marine, le huitième écru, le neuvième bleu virant au brun, le dixième barré de guirlandes florales, le onzième tout gris et le dernier très sombre. Ils incarnaient la Sagesse et l'Humilité, la Naissance et la Magie, le Silence et le Rire, l'Ardeur et la Folie, la Grâce et la Kabbale, la Règle et le Désir, la Musique et l'Histoire, la Xénophilie et la Confiance, le Secret et la Vocation, la Soumission et la Douceur, le Jeûne et l'Amour, le Mystère et la Néoménie.

Le grand maître monta à l'autel, il étendit la main sur la coupe et fit la libation du sang de la grappe, puis il la versa sur les bases de l'autel. Très loin dans les profondeurs souterraines, des trompettes retentirent. Dans le sanctuaire, des volutes d'encens voilaient à présent le maître et ses servants. Une nuée irrespirable avait envahi la nef minérale.

Il y eut encore des chants et des prières. Puis le maître s'effaça et ce fut le frère qui portait le pectoral noir constellé de lettres — ce frère de Rigueur et de Désir — qui s'avança et éleva la coupe d'or devant l'assistance. Il parlait d'une voix forte :

— Jésus le Nazaréen, nous avons reconnu en toi de façon certaine les signes de ta mission royale, sacerdotale et prophétique. Cette mission, à toi de l'inventer. Telle est la règle des Solitaires et, malgré ta différence, elle s'applique aussi à toi. Tu es un homme libre, un membre de notre ordre, tu es un maître, un roi, un prêtre et un prophète, va ta route et accomplis ta mission quand les temps seront venus... Oui, tu es l'un des nôtres et tu es au-dessus de nous par ta naissance. Ne pose aucune question. Ne pose plus jamais de question. Travaille, prophétise et enseigne. Et vous, mes frères, pendant que vous bénirez le Dieu de toutes choses qui fait partout de grandes œuvres, qui a exalté nos jours dès le sein maternel, nous a traités selon Sa miséricorde et nous a donné la grâce de vivre ce moment, Jésus le Nazaréen viendra boire à cette coupe incomparable et il prendra place sur la *pierre de fondation* de notre sanctuaire...

Du plus profond des caves et des cryptes, les trompettes retentirent et les frères se mirent sans attendre à louer Israël, la maison de David, Sion, le bouclier d'Abraham, le rocher d'Isaac et la puissance du Roi des rois des rois. Jésus avait saisi la coupe et s'était assis sur la pierre huileuse et parfumée qui le sacrait. Il était sombre, comme ailleurs.

Dès qu'il lui sembla que le rite était accompli, il appela l'épervier qui vint aussitôt se percher sur sa tête.

7

Quelques mois plus tard, Jésus effectua avec ses parents le rituel pèlerinage de la Pâque à Jérusalem. Les autres enfants étaient restés à Nazareth, surveillés par des voisins. Jésus ne se souvenait pas d'avoir déjà accompli ce voyage. Une rare énergie l'habitait. Quand il n'entonnait pas avec ferveur les psaumes de la montée vers la Ville, il riait aux éclats. Il bondissait, charmé par les couleurs de la reverdie, le tournoiement des oiseaux, les brassées de grenadiers, de figuiers et de vignes en fleur. Il allait de l'un à l'autre. Il n'y avait rien dans sa marche de la retenue et de la sagesse que l'on eût pu attendre d'un pérégrin. Il avait la sensation que l'énergie du monde qui renaissait circulait en lui. Il était une boule d'eau, de sève et de verdure. Il avait fui la poussière et la sueur de l'atelier de son père, les prophéties du maître des Solitaires. Et les vibrations de la lumière, cette impression d'aller vers la libération de la Pâque — cette fête était inséparable pour Jésus du passage à travers les eaux de la mer des Joncs, elle avait une odeur, celle de l'Agneau sacrifié, elle était ce sang dont on barbouillait le linteau des portes, ce repas pris debout, dans l'urgence du départ, ce repas au pain azyme avec des herbes amères — éveillaient en lui une force proche de l'exaltation.

On passait non loin de Silo, de Béthel. Le dernier soir, pour la dernière halte avant l'entrée dans la Ville sainte, le cortège des pèlerins — auquel s'était jointe une procession chamarrée rencontrée en route — s'arrêta à Ain-el-Haramié. C'était une vallée encaissée et profonde, creusée d'innombrables tombeaux d'où jaillissaient des flots d'une eau vive et noire. Des pierres roulées, des urnes fracassées avaient été abandonnées par les pillards au seuil des sépultures. Ce lieu, dans la douceur d'un soir flamboyant qui n'en finissait pas de s'éteindre, émut Jésus aux larmes. Il s'écarta et alla se percher sur un rocher. Soudain la promiscuité du cortège lui pesa. Il retint son souffle. Des milliers de senteurs d'herbes et de feuillages inconnus venaient lui chatouiller les narines. La vague de fatigue avait déjà fauché nombre de marcheurs. La nuit était claire, presque transparente et comme cloutée de feux. Ce n'étaient plus les torches qui déferlaient du Temple, c'étaient les astres, cette poussière sidérale qui est la buée de Dieu. Jésus se fit violence pour effacer toute trace de vie en lui. L'environnement de tombes, d'amphores, de charognards et d'eaux noires qui s'écoulaient depuis les sépultures l'incitait à se transformer en orant, en guetteur des caveaux et des urnes. Et il se mit à prier avec une fougue telle qu'il chassa toute tentation de sommeil. Il veillerait jusqu'à l'aube. Jusqu'à ce que, après les ablutions et les prières, le cortège s'ébranle pour son ultime journée. Il veillerait sous la cuirasse de feux qui vibrait au-dessus de lui. Il était quelque part en Égypte, une loi confuse le menaçait, les flots de la mer des Joncs étaient ourlés de barres d'écume rageuse.

À un moment Jésus faiblit et il céda quelques instants au sommeil. Les eaux sombres bruissaient toujours autour de lui. Il fit ce rêve. Il était déjà à Jérusalem, auprès de la source du Guihôn dont le site sacré servait pour l'onction des rois de la lignée de David. Il était là à errer en pensée lorsque, soudain, un *arpenteur mystérieux* lui posa la main sur l'épaule et l'invita à le suivre. Ils marchèrent ainsi jusqu'à l'entrée du Temple, de l'eau sourdait du seuil et des pierres et l'*arpenteur mystérieux* poussa Jésus à traverser le flot. L'eau ne cessait de monter, si bien que Jésus et celui qui le conduisait en eurent bientôt jusqu'aux reins. L'eau était cinglante et glaciale. De l'autre côté de ce fleuve qui ne cessait de croître, Jésus entrevit un autre temple, plus beau, manifestement d'émeraude et d'or. L'eau n'était plus violente et noire — comme celles qui entouraient le corps du dormeur —, elle resplendissait d'un éclat inestimable, celui de l'or et de l'émeraude mêlés. L'*arpenteur mystérieux* eut ce mot : « As-tu vu, fils d'homme ? », puis il disparut.

Jésus se réveilla sur cette vision, celle de l'arpenteur qui s'éclipsait. Il lui sembla reconnaître le passeur du fleuve. L'homme avait disparu dans une nuée d'émeraude et d'or, de l'autre côté des eaux. La lumière du matin ciselait jusqu'à l'effroi l'entrée des grottes et les amphores brisées. Il y avait très longtemps que Jésus n'avait pas éprouvé pareille frayeur. Il était urgent de fuir.

Tout le temps que dureraient les festivités de la Grande Semaine, la Ville serait assaillie. On couchait où l'on pouvait. Dans les granges, les greniers, les grottes, sur les toits. On venait de loin, de très loin : de tous les points cardinaux et des confins du désert et de l'Égypte, de Babylone et des communautés d'Asie Mineure. Dans les rues pentues et étroites, c'était une cohue véritable. Turbans, voiles blancs ou rayés, bonnets pourpres de Phrygie, *Talit* rituels ornés de franges. Marie, Joseph et Jésus s'installèrent avec quelques proches de Nazareth dans une maison qui menaçait ruine. Elle n'avait qu'un avantage : elle était pourvue d'une grande terrasse d'où l'on pouvait surplomber la Ville et ses environs. Depuis qu'il était arrivé à Jérusalem, depuis qu'il avait franchi l'enceinte sacrée, Jésus était muet. Il voulait échapper à la lumière extérieure. Il voulait retrouver l'éclat du temple d'émeraude et d'or que lui avait montré la visitation de l'*arpenteur mystérieux*.

Il disparut. Il tenait à repérer la configuration de la forteresse, l'amphithéâtre d'Hérode, la tour Antonia qui dominait le Temple. *Le Temple réel.* Il alla, seul, jusqu'aux marches du Haut Sanctuaire. Il fut saisi à la vue des portiques de marbre. Il entra sur le parvis des Gentils. C'était un lieu de passage et de flânerie. De trafic aussi. Les Pharisiens se promenaient, somptueusement vêtus. Jésus s'engagea dans la cour des Femmes, puis il se retrouva dans un atrium rempli d'une foule bigarrée. Des changeurs avaient étalé leur monnaie sur de petites tables en forme de pupitres. Le bétail sacrificiel arrivait, mêlé à la foule. La compagnie des marchands et des taureaux révulsa Jésus qui s'enfuit. Il chercha en vain dans la multitude qui se pressait quelqu'un qui ressemblât à l'*arpenteur* du songe. Des prêtres passaient, violets et pourpres, alourdis d'or et de pierreries... Il sentit une fascination, et la rage aussi qui l'envahissait. Pour peu il aurait hurlé pour chasser ces changeurs, ce bétail et ces prêtres. Ce n'était pas le temple du songe. Ce n'était pas le temple qu'il avait imaginé bien avant la visitation d'Ain-el-Haramié, la source des lumières de la néoménie. C'était une boucherie, une banque, pas même une étable. C'était un lieu impur.

Il courut, se perdit. Il croisa des légionnaires romains, la lance au poing. Il s'aventura dans les zones populeuses de la basse ville. Il ne savait pas où il mettait les pieds. Les maisons qu'il voyait étaient argileuses ou cendreuses, prêtes à s'effondrer à la prochaine convulsion qui secouerait la Ville. Car ce qu'il venait de découvrir n'était pas supportable. Il y aurait un séisme, une colère formidable qui purifierait ces lieux où l'on était censé adorer le nom de Dieu. Ce voile sans couture qu'avait brodé Marie se déchirerait. La nuit tomberait sur la terre. Les pierres des tombeaux rouleraient comme dans la Vallée des Pleurs. Il allait toujours seul, dépité et hagard. Il avait quitté l'enceinte de la cité et il marchait désormais parmi les piscines, les carrières, les sépultures des rois. Des mendiants sortaient des crevasses pierreuses : ils avaient dans les yeux le reflet des carnages et des mises en croix. Tout près d'une tombe qui n'avait gardé aucune inscription, un illuminé bondit d'une fosse que couvraient des herbes jaunies et il se mit à blasphémer contre Dieu, et les vivants et les morts. Jésus eut un mouvement de recul. Il fut pris de tremblements et crut qu'il allait perdre connaissance. Une frayeur incomparable l'étreignit. Il était sans repères. Il ne savait plus où il couchait.

Un bel escalier descendait à une fontaine. Des paralytiques et des lépreux s'agglutinaient auprès d'une eau mordorée et croupissante. À l'un de ces misérables qui le regardaient de manière insistante, Jésus, malgré l'interdit des Solitaires, osa demander le nom de la fontaine. « C'est le bassin de Siloé... » murmura l'aveugle. Siloé : la simple profération de ce nom embrasa Jésus. Cette eau morte et jaunie, c'était l'eau qui provenait de la source du Guihôn, lieu sacré entre tous où le prêtre Sadoq avait sacré Salomon, l'eau lumineuse qui avait sauvé le jeune roi de Juda, Akhaz, menacé par la coalition des rois d'Aram et d'Israël. Il y avait cette eau sainte et cette couronne effroyable qui grouillait tout autour. La lèpre avait mangé les visages, les membres morts des paralytiques trempaient dans le bassin... Jésus ne bougeait plus, attiré par cette conjonction unique, celle de l'eau — l'eau du Livre et de la visitation nocturne — et de la douleur, la mort qui creusait et dévorait les corps, laissant à la lisière du bassin une charpie de membres squelettiques et inertes. Un instant, il crut qu'il allait descendre le plus près possible de l'eau et embrasser l'un de ces gisants convulsifs. La terreur l'empoigna. Il courut, loin de la fontaine et de ses monstres.

*

— Mais qui es-tu ?

Le premier des docteurs manifesta son agacement. Il

écoutait depuis un long moment déjà Jésus qui avait pris place dans le cercle de ceux qui étudiaient et disséquaient la Loi.

— Oui, qui es-tu pour nous parler ainsi ?

— Je suis Jésus de Nazareth, fils de Marie et de Joseph le charpentier, je suis né d'une femme, sujet de la Loi et désigné pour l'huile...

— Quel âge as-tu ? continua le premier des docteurs.

— Douze ans.

— Tu viens de nous parler du nombre des sphères et des corps célestes avec leur nature, leurs ouvertures, leurs oppositions, leurs combinaisons, leurs ascensions et leurs régressions, mais d'où te vient ce savoir ?

— J'étudie, j'ai reçu l'enseignement d'un maître, l'enseignement de mon père aussi...

— Tu veux nous laisser accroire que l'enseignement d'un charpentier te permet de connaître tout ce que tu nous as raconté ? Je crains que tu ne veuilles te moquer de nous...

— Pas du tout. Oui, l'enseignement de mon père, le mouvement du rabot, de la scie, de la varlope, l'ajustement des diverses pièces de bois, c'est en observant tout cela que j'ai découvert ce que je vous ai dit...

Jésus était souriant et impassible. Et il riait en lui-même de la division qu'il avait inoculée dans le cercle des docteurs. Il y avait ceux — il le pressentait — qui se seraient jetés à ses pieds parce qu'ils reconnaissaient sans conteste sa prééminence et les autres, plus nombreux, qu'il avait blessés parce que, étrangement, ce qui au début n'était qu'une conversation avait pris la tournure d'une leçon magistrale et brillante.

— Ce n'est pas vrai que tu as douze ans, tonna l'un de ceux-là, tu nous mens !

— Mais pourquoi vous mentirais-je, reprit Jésus sans rien perdre de ce mélange de sûreté et de douceur qui irritait tant les autres, pourquoi vous mentirais-je ? Lorsque j'aurai retrouvé mes parents, je rentrerai à Nazareth, je reprendrai mon métier auprès de mon père...

— Quel métier ? dit un troisième en interrompant Jésus avec véhémence.

— Le métier des tables, des berceaux, des échelles, des escaliers, des escabeaux...

— Qu'as-tu vu à Jérusalem ? interrogea de nouveau le premier des docteurs.

— Le Temple, la fontaine de Siloé, le négoce et le trafic, la douleur et l'occupation romaine. Je ne suis pas certain que Jérusalem soit toujours *« la fiancée devant laquelle se prosterneront les peuples »*... J'ai beaucoup vu la mort et le commerce... Je préfère ma campagne...

— Ce que l'on entend est invraisemblable et indigne, se mit un hurler un vieux chauve qui était demeuré muet jusque-là. Proprement invraisemblable ! Nous sommes tous coupables de l'avoir ainsi laissé pérorer. Ou nous arrêtons là cette comédie, ou j'en réfère au chef des prêtres...

— Le chef, ici, c'est moi, gronda le premier des docteurs.

Et il se tourna de nouveau vers Jésus.

— Tu n'aurais pas plutôt reçu l'enseignement d'un maître Essénien ?

— Je ne comprends pas ce que vous voulez dire. À

l'école, à Nazareth, j'ai échangé avec le maître Hillel. C'est tout. Je connais mes lettres.

Et il énonça d'une voix forte et claire *Aleph*, *Beth*, *Gimel*, *Daleth*, jusqu'à *Taw*.

— Je pourrais aussi, si vous le souhaitez, vous donner la signification de chacune de ces lettres, soupira Jésus en riant.

La colère montait. Le premier des docteurs avait de plus en plus de peine à contenir la fureur de ses pairs. Un nouvel interrogateur, qui ne s'était pas encore manifesté, s'approcha du premier des docteurs et lui souffla quelque chose à l'oreille.

— J'y aurais pensé, dit le premier des docteurs avec agacement.

Puis il se tourna vers Jésus.

— Je crois que tu es un prophète ou un fou. Tu le sais ou tu l'ignores, la tradition du Temple veut que tous les sept ans les maîtres enseignent à quelques élus la manière de prononcer le Tétragramme, YHWH. On va te conduire dans le Saint des Saints, devant le Grand Prêtre. Il faut aussi que tu saches que si, par mégarde, tu divulgues la prononciation secrète du nom de Dieu, tu perdras ta part du monde à venir...

Le Sanctuaire se trouvait sur une terrasse plus élevée que la cour des Prêtres. Douze marches y menaient. Le rideau sacré voilait l'accès du Saint des Saints. C'était l'endroit vide du Temple. Jésus s'arrêta dans la première partie du Sanctuaire et abandonna aussitôt ses chaussures : il contempla avec une intense dévotion le chandelier d'or, la table des pains de sacrifice, l'autel doré réservé à l'encens. Le Grand Prêtre s'approcha. On eût dit une momie de pourpre et d'or. Il parut énervé et surpris lorsqu'il aperçut l'enfant qu'on lui amenait. Cet enfant allait lui dire le nom de Dieu alors que lui-même il ne le murmurait qu'au moment de *Yom Kippour* dans un mouvement d'adoration et de frayeur ? Il manqua rabrouer le premier des docteurs. Des trompes et des trompettes résonnaient. Une odeur âcre de viande immolée avait investi les cours secrètes et sacrées.

— Ainsi on prétend connaître des secrets, ironisa le Grand Prêtre à l'adresse de Jésus. Sais-tu, par exemple, ce que cache ce rideau de pourpre, d'écarlate et d'or que tu vois là derrière moi ?

— *Even Shethiyah*, la pierre de fondation du monde.

Le Grand Prêtre frémit.

— Saurais-tu, puisque nous sommes ici entre nous, comment on prononce le nom de Dieu ?

Jésus se leva, feignit d'aller soulever le rideau puis il se jeta dans les bras du Grand Prêtre en murmurant ce nom secret que personne autour n'entendit. Le Grand Prêtre posa simplement son pouce sur le front de Jésus avant de déclarer à l'intention des docteurs :

— Veillez sur cet enfant jusqu'au retour de ses parents. Il est né bien avant Noé...

*

Ils le cherchaient depuis trois jours. Trois jours qu'ils couraient en tous sens, interpellant tous ceux qu'ils rencontraient, dans le vacarme et la cohue de Jérusalem. Il leur semblait parfois qu'on leur riait au nez lorsqu'ils avouaient l'âge de celui qu'ils recherchaient. Un enfant de douze ans, un petit charpentier nazaréen qui commençait à apprendre son métier. Cette disparition avait ouvert dans le cœur de Marie une faille ardente. Elle allait, hirsute, le voile défait, convaincue que son fils était mort. À moins qu'il n'eût été séquestré par des légionnaires romains. Ils n'osèrent pas interroger les forces de l'occupant. Ils préférèrent garder en eux ce silence et ce doute qui enflait. Dans l'angoisse, Joseph conservait une rigueur, un sens de l'orientation qui manquaient totalement à Marie, ravagée par l'émotion et la certitude d'avoir définitivement perdu Jésus.

Elle implora Dieu. Et elle se dit que ce devait être un signe, ce fils venu d'ailleurs, ce fils conçu alors qu'elle n'avait jamais connu d'homme, ce fils que lui avait annoncé l'Archange en la saluant, elle la modeste servante, comme une reine, ce fils que des rois venus d'Orient avaient vénéré comme un roi alors qu'il gisait dans la paille et la bouse d'une étable, ce fils qui avait restauré la vocation oraculaire et prophétique du Temple le jour où, en le voyant, le vieillard Syméon s'était pulvérisé en une nuée d'or. Ce fils aussi, secret, taciturne, fasciné par le labeur du charpentier, les montants de bois qui s'assemblent, ce fils qui en savait plus que ses maîtres, ce prodige devenu prodigue.

Elle marchait, hagarde, dans le tumulte des saies et des châles flamboyants, elle marchait dans le flot d'étrangers qui avait envahi Jérusalem et elle se disait que ce départ devait être inscrit. Ce devait être l'effet d'un édit mystérieux caché dans le Saint des Saints, cette bouche noire. Elle voulut aller jusqu'à la fontaine de Siloé : elle connaissait l'attirance de Jésus pour ceux qui souffrent, elle connaissait son envie d'étendre sur toute cette souffrance un baume miraculeux. Le grouillement des paralytiques et des loqueteux l'affola. Il n'y avait pas d'enfant thaumaturge. Il n'y avait pas de jeune seigneur dressé au-dessus du bassin d'eau jaune. À cet instant la douleur l'étreignit, plus violente. Ce fut comme un glaive qui la déchirait. Elle poussa un cri. Elle tomba parmi les malades. Joseph dut la rafraîchir et la porter sur ses épaules. Elle reprit conscience. Et elle dit qu'elle avait eu une vision horrible, une vision avec des potences, le sol de Jérusalem qui tremblait et le Temple dévasté. Elle racontait cette vision avec une méticulosité hallucinante. Elle avait beau avoir donné le jour au fils de Dieu, elle n'avait jamais eu de visions. Ce n'était pas même une mystique, une recluse, une habituée des visitations du Très-Haut. Il y avait eu cette visite de l'Archange, la salutation d'Élisabeth, ces Mages venus d'Orient, ce vieillard centenaire qui s'était atomisé en une pluie d'or. Et plus rien ensuite. La vie d'une femme, d'une mère ordinaire, qui élève ses enfants, coud, tisse, reprise, fait monter l'eau du puits, une vie banale, étale, atone et lumineuse.

Marie était si simple qu'elle voyait le sceau de YHWH dans la succession harmonieuse des jours. Il était dans le cycle des saisons et le passage des heures, sans doute plus encore que dans ces instants paroxystiques qui avaient illuminé sa vie sans la détruire. Et cette sagesse, cet assentiment quotidien à l'enchaînement apparemment plat des heures, elle les devait à Anne sa mère. Elle devait tout à sa mère. Sa mère à qui elle avait caché le secret de la naissance du premier de ses fils. Sa mère qui était partie en ayant tout juste la prescience de sa descendance surnaturelle. Elle avait cru à la vertu du temps dans l'opacité et la misère de Nazareth parce qu'elle savait intimement que ce temps, c'était celui de la croissance de Jésus.

La célébration de la Pâque était imminente. Ils eurent du mal à approcher du Temple. Les ruelles étaient bondées. Des volutes de fumée, des odeurs de graisse grillée s'échappaient de la bâtisse sacrée. Le Temple ressemblait à un capharnaüm, à un gigantesque chantier aussi avec ses blocs de pierre disposés sur les parvis, ses échafaudages et ses grues. Pour parfaire le Temple, pour inscrire sa propre gloire et pour plaire au peuple juif, Hérode avait enrôlé dix mille ouvriers, formé au métier de maçon près de mille prêtres qui travailleraient dans les parties profondes du sanctuaire, farouchement interdites aux profanes. C'était un vivier de marbres rares, de bois et de métaux précieux. Joseph et Marie entrèrent par le portique royal. Il régnait sous les voûtes à caissons un chahut assourdissant. Le bétail hurlait. Les changeurs hurlaient. La poussière se mêlait à la sueur, à l'odeur de viande calcinée. Il fallait choisir l'Agneau du sacrifice. Ils avaient peu d'argent. Ils avaient en eux cette béance, cette douleur. Ce fils perdu dans le magma et le tohu-bohu de la Ville sainte entre toutes, ce fils avalé par les entrailles de Jérusalem. Marie décida qu'ils y mettraient l'argent qui leur restait. Pour le sacrifice. Pour l'offrande, en pensant au fils perdu. Ils furent lents à choisir, marchandèrent longuement. Ils trouvèrent finalement un jeune agneau tout blanc, sans tache et sans souillure. Il leur fallait encore gagner l'autel du Sacrifice perpétuel. Joseph tenait sur ses épaules l'agneau qui geignait et se débattait. La bête fut égorgée dans une puanteur de suint et de graisse brûlée. Le sang gicla dans les rigoles de pierre. Les sacrificateurs portaient des vêtements ensanglantés. Marie regarda avec dégoût l'animal que l'on saignait, déjà la graisse arrachée crépitait dans un brasier au centre de l'autel, on évoluait dans une nuée de cris, de suint, d'encens et de toison grillée. Le sacrificateur remit à Joseph la carcasse de l'agneau blanc ; quant à Marie quasi défaillante, elle reçut la rituelle branche d'hysope plongée dans les entailles rouge sombre de l'autel.

Jésus était revenu dans le cercle des docteurs. Le premier d'entre eux rapporta la parole du Grand Prêtre. Les plus mielleux, les plus fielleux aussi, se prosternèrent au passage du Nazaréen de douze ans.

— Alors, tout petit *nazoréen* [1] qu'on soit, on est né bien avant Noé ! persifla le vieux chauve qui avait déjà brillé par son acrimonie.

Jésus ne releva pas. Et il se mit à parler des forces

1. Il s'agit d'un sobriquet, infiniment péjoratif, que l'on appliquait parfois à Jésus.

des corps et des tempéraments, des énergies et des influences dans les nerfs, des veines, des os, des artères, des tendons.

— Au lieu de nous épuiser avec ces histoires de médecine, livre-nous plutôt la véritable prononciation du Tétragramme, avança un perfide pour mieux le perdre.

— Oui, continua un autre, dis-nous ce que tu as chuchoté à l'oreille du Grand Prêtre...

Jésus s'était redressé :

— Je lui ai donné le nom de Dieu. Le vrai. Vous savez comme moi que tous les autres sont des qualifications ou des descriptions, ils sont comme des planètes, ils ne sont pas le noyau solaire...

— Oui, au lieu de jouer à l'intéressant, dis-nous ce que tu lui as soufflé, tonna un autre que l'on n'avait jamais entendu jusque-là.

— Je lui ai dit le nom qui ouvre toutes mes prières, matin, midi, soir, ce nom qui est pour moi une souche et une source...

— Cela suffit ! Quel est-il ? hurla le premier des docteurs.

— *Abba*, c'est-à-dire Père.

Et Jésus se mit à prier.

*

Marie avait réussi à se frayer un chemin dans la foule qui encombrait les portiques. Soudain elle *l*'aperçut. Il était assis parmi les docteurs qui l'écoutaient, médusés, méfiants, certains visiblement haineux. Il était beau. Il resplendissait. Il enseignait. À cet instant elle le *reconnut*. Il était vraiment l'Oint du Seigneur.

— Mais que fais-tu là ? cria-t-elle. Ton père et moi te cherchons depuis des jours. Viens vite ! Nous rentrons.

Alors Jésus quitta le cercle des docteurs et marcha vers sa mère. Il parlait suffisamment fort pour que ceux qu'il venait d'enseigner ne perdent rien de ce qu'il allait dire.

— Femme, ne cède pas à l'inquiétude. Me voici. Je me suis perdu dans Jérusalem. J'ai erré pendant trois jours. J'ai vu la fontaine de Siloé et sa couronne de gens qui souffrent, le rideau que tu avais tissé. Et je suis arrivé ici. Rassure-toi, je sais bien que ce n'est pas chez moi, ici. Mais il faut que je sois quelquefois aux affaires de mon Père.

Le Faou, Morlaix, mai, décembre 1997.

POST-SCRIPTUM

Pourquoi ce livre ? Pourquoi sonder ce mystère ? Ce sont des tableaux, des fragments d'évangiles imaginaires, des songes, des rêveries, et la réalité obscure et lumineuse de l'enfance de celui qui, un jour de ténèbres, poussera un cri de terreur et d'abandon qui déchirera le rideau du Temple. Sept jours firent le monde. Sept justes suffisent pour le sauver. Il fallut douze années pour que le fils du Père accédât à la conscience de son identité et de sa mission.

J'ai toujours été frappé par le mystère entretenu, concerté, qui entourait cette enfance. On sait que c'est une période déterminante chez les écrivains, plus encore chez les êtres d'exception, a fortiori *chez le Christ. Or c'est comme s'il y avait eu une conspiration bimillénaire pour occulter cette enfance ou pour n'en retenir que les moments fastes ou édifiants. La vie du Christ ne fut pas que miracles, culminations brillantes. Elle fut aussi tâtonnements, maturation lente, phases de langueur et d'étouffement. L'idée même d'incarnation suppose, me semble-t-il, cette immersion dans la lourdeur et l'opacité des vies humaines, dans ce doute qui en est l'essence, même si l'on peut imaginer que la conscience de sa différence a très tôt hanté le Christ.*

La figure qui m'accompagne depuis que j'ai accédé à la vie spirituelle — et ces souvenirs sont inséparables, pour moi, de l'église du Faou battue par les vagues — est celle des Rameaux, du Vendredi saint et de la Pentecôte, toutes fêtes que l'Église célèbre en ornements rouges. Mais rêver les douze premières années de la vie de l'Oint du Seigneur exigeait que je me sépare de tout ce christianisme qui ne cesse de modeler ma vie ; retrouver le souffle, les pas de cet enfant imposait un retour amont *— que tout chrétien devrait accomplir — aux sources du Livre, dans la sueur du désert et la sciure de l'atelier du charpentier. Retour à cette vie secrète avant la vie publique, cette vie qui est comme un tabernacle et un filigrane. Or les tabernacles et les filigranes sont un creuset de songeries pour les écrivains qui ont résolument placé leur travail sous le signe du Grand Temps — et du sacré.*

Il y a des années que j'ai ce projet, cette intention. Explorer ces douze années dans l'enfance du monde, les douze premières années de la vie du Christ. Et, depuis longtemps, je m'étais dit qu'il serait heureux que la parution de ce livre coïncidât avec l'entrée dans le troisième millénaire. Ce serait tout. Ce serait un témoignage, un acte de foi, l'ultime — et la première — forme de l'engagement.

Au mois de mai 1997, j'ai senti que la rêverie commençait à prendre corps. J'avais pensé, lorsque cette nécessité scripturale s'annoncerait, partir pour Jérusalem, ou m'enfermer à Landévennec, à Saint-Wandrille ou à Solesmes, comme Reverdy. Je suis tout simplement revenu au Faou. J'ai visité les tombes de mes ancêtres et tout particulièrement celle où repose mon grand-père maternel — Gaël dans Le Passage de l'Aulne — *et qui sera la mienne un jour. Puis j'ai gagné l'église. Je ne dénombre plus les livres que j'ai rêvés dans cette vieille nef aux murs que caressent les marées. C'est l'église de mon baptême, le lieu de mon entrée dans cette* légende. *J'ai longuement regardé la cuve baptismale avec ses lions, ses cerfs et ses ondes qui représentent les quatre bras du fleuve du Paradis, le tabernacle et ses anges, le vitrail qui fut à l'origine de mon premier roman, avant de feuilleter le cahier mis à la disposition des visiteurs et des pèlerins qui passent là. Il y aurait dans ces remarques naïves et ces intentions de prière la matière d'un roman réaliste, amoureux et amer, mais Duras n'est plus.*

J'aurais pu allumer une ou plusieurs bougies comme je le fais dans toutes les églises que je visite. J'ai saisi le stylo qui accompagne le cahier, je voulais laisser une trace, une trace que ne comprendraient pas ceux qui passeraient là après moi. J'ai simplement inscrit : « Douze années... 19 mai 1997. P.L.G. »

C'est le véritable incipit de ce livre.

Composition Graphic Hainaut.
Reproduit et achevé d'imprimer
sur Roto-Page
par l'Imprimerie Floch
à Mayenne, le 4 décembre 1998.
Dépôt légal : décembre 1998.
Numéro d'imprimeur : 44932.
ISBN 2-07-075417-0 / Imprimé en France.